「最凶の小悪党《イビル・ウィンプ》」

アッシュ
他人の紋章魔術すら奪うことができる、裏社会では有名な盗賊。調子に乗りやすい性格から小悪党と呼ばれているが、自分では“盗みの天才《ギフテッド・シーフ》”と名乗っている。

清楚怪盗の切り札、俺。

JN049398

「ぼくは清楚な乙女として、
淑やかに盗みをやっているんだ」
清楚怪盗
ノア
伝説の大怪盗で、数々の盗みを成し遂げているが、その正体は可憐な少女。アッシュを"切り札《ジョーカー》"として欲する。幻術を中心とした魔術を使う。
Noah

Cynthia
「いま、ご飯の準備をするからね。今日はシチューだよ」
優しすぎる王女
シンシア
ユースティス神聖王国第二王女。だが、打算を度外視した優しさを発揮することから、変人とまで言われている。王女なのに、貧民街での炊き出しが日課。

「――シシア嬢を、
寝盗《ねと》るんだよ」

「お待たせ。ぼくの、最高の〝切り札《ジョーカー》〟――」

CONTENTS

清楚怪盗の切り札、俺。

鴨河

ファンタジア文庫

3346

口絵・本文イラスト　みきさい

清楚怪盗の切り札、俺

The refined thief
and her joker.

鴨河

ill. みきさい

プロローグ　はじまりの予告

彼女は、幻想的なまでに美しくて。
そして——何より、清楚《せいそ》だった。

「————っ、」


古びた宝物庫に差し込む、ほのかな白銀の月灯《あか》りに照らされて、闇と見紛《みまが》うような漆黒の玉座へと、妖しげに腰かけながら、その少女は——ただ穏やかに、微笑《ほほえ》んでいた。

儚《はかな》げな銀色の髪が、月の光を帯びて煌《きら》めいている。藍玉のような瞳は魔性の魅力を秘めていて、絢爛《けんらん》さを湛《たた》えた淑《しと》やかなドレスからは、白く滑らかな柔肌が晒《さら》されていた。

その容貌は、どんな秘宝すらも霞《かす》むほどに、絶対的に美しくて。

吊《つ》り目がちな双眸《そうぼう》が。長く優艶《ゆうえん》なまつげが。色艶のいい可憐《かれん》な唇が。

少年——アッシュの心を奪い尽くしたまま、まるで離そうとしてくれない。

その佇《たたず》まいは、果てしなく幻想的なのに、どこまでも淑やかで。

呼吸すら忘れるほどの時間が、静謐《せいひつ》に過ぎていく。

やがて——。
少女の桜色の唇が、そっと開かれる。

「——ぼくは、きみみたいな〝切り札《ジョーカー》〟が、欲しかったんだ」


透明な声が、優しく奏《かな》でられる。

氷河のように涼しげなのに、焚火《たきび》のように暖かい声。


「……っ、なに、を……」


アッシュは、深く息を吸う。

左胸の動悸《どうき》を抑えつけながら、どうにか言葉を絞り出そうとする。

「お前は……なにを、狙ってやがる……？」

掠《かす》れた声。もしかしたら、声にすらなっていなかったかもしれない。

けれど少女は、微笑みを返してきた。

無邪気で、楽しげな表情に見えたのは──どうしてだろう、と思う。

「ぼくは怪盗だよ？　することなんて、ひとつに決まっているじゃないか──」

白くて細い指先が、ゆっくりと動く。

途方もなく美しい藍色の瞳で、少女は凜《りん》とアッシュを見つめた。

ふたりの視線が、そっと重なる。

そして。

永遠にも思えた一瞬を破ったのは、その少女の語る、ひとつの予告だった。

「──お宝《きみ》を、盗むのさ」

不敵に。それでいて、何よりも清楚に。

その少女は、どこか嬉《うれ》しそうな声色で、そう告げた。

1章　世界最高の至宝

世界有数の騎士国家、ユースティス神聖王国。

騎士団によって法と秩序の守られたこの国には、のどかで朗らかな時間が流れている。

かつての大戦の傷跡はどこへやら、ほとんどの市民たちが平穏な日々を過ごしていた。

そんな国家の中心部、首都アーヴェラスの6番街。

行商人の掛け声などで賑《にぎ》わう大通りの、その裏側では――、

「――いい加減にしろ‼　斬り殺されたいのか、貴様は⁉」


長剣を構えた騎士の怒号が、夕空へと響き渡る。

腐臭の漂う路地裏には、平穏とは真逆の光景が広がっていた……。

「ククク……だから、何度も言ってんだろ？」

大声で怒鳴った騎士の、その一方で。

剣を突きつけられている少年のほうの反応は……というと。

「この俺は盗賊だぜ？　盗みをやって、何が悪いんだよ？」

にやり、と。

少年——アッシュは、静かに不敵な笑みを浮かべていた。

「ええい、開き直りやがって……っ！　罪悪感はないのか、罪悪感は！」

「あぁ、ないね」

悪びれる様子もなく、アッシュは鼻で笑ってみせる。

そう。アッシュは、盗賊だ。

法を無視して盗みを働く、いわゆる悪党として生きている。だが、この仕事を悔いたことなど一度もないし、むしろアッシュは誇らしげに思ってすらいた。

「ま、そういうわけだ」嘲《あざわら》笑って、「あんたがいくら脅そうとも、この俺は反省も謝罪も懺悔《ざんげ》もしないぜ？　どうしてもってなら、力ずくでかかってこいよ」

「くっ……その挑発、後悔させてやる……っ！」

かちゃり、と騎士が剣を構え直した。

その剣の柄には、大樹を模したようなマークの彫刻がされていた。どうやらこの男は、ユースティス神聖騎士団の一員で間違いないらしい。

「おっ、いいね。いかにも雑魚《ざこ》っぽい態度だな」

アッシュは肩をすくめて、楽しげに挑発する。

「この私を雑魚だと？　……ふん、どこまでも愚かな賊だな」

「じゃあ聞くが、そんな俺に騙《だま》された気分はどうなんだ？」

「……なんだと？」

訝《いぶか》しげに、騎士が眉をひそめる。

対するアッシュは、悪趣味に口角を歪《ゆが》ませて、

「そもそも。あんたはどうして、こんな薄汚い路地裏になんか来たんだよ？」

「……詰所に通報があったからだ。このあたりに、盗賊が出没したと」

「そいつは、俺の自作自演だ」

瞬間。

騎士の反応は――予想よりも、速かった。

アッシュの言葉を耳にした瞬間、これまでの様子見のような剣の構えを崩して、全身を低く沈めるような攻めの構えへと切り替えてくる。

だが、とっくに遅い。

なぜなら――アッシュの仕掛けた罠《わな》は、すでに作動しているのだから。

「……!?　なっ……っ!?」

からん、という音。

騎士の握っていた剣が、むなしく路地の上へと落下した。

同時に、がくりと騎士の姿勢が大きく崩れる。その場に立っていることすら難しいのか、膝立ちへと追い込まれた挙げ句に、がくがくと全身を痙攣《けいれん》させはじめた。

「な、ぜ……っ！　なぜ、身体《からだ》……が……っ！」

「知りたいか？　なら、答え合わせをしてやるよ」

アッシュは、にやりと不敵な笑みを浮かべたまま、

「ここらの路地裏って、ゴミだの死骸だので腐臭がすごいだろ？　これ、ほかの臭いを隠すには最適だと思わないか？」

「どう、いう……」

「――毒だ。この俺特製の麻痺《まひ》毒を、このあたりに撒《ま》いておいたんだよ」

誇るように、語ってやる。

そう。アッシュが仕掛けた罠とは、毒のことだ。

使用した毒には、その強烈さと引き換えに、悪臭が目立つという弱点があった。しかしこの腐臭に満ちた路地裏なら、その弱点を誤魔化せるという寸法だ。もちろんアッシュは

事前に抗毒薬を飲み、耐性をつけてある。

「な……毒、だと……っ⁉」

騎士の瞳が、驚愕《きょうがく》に見開かれる。

その瞳孔には、アッシュの姿が映し出されていた。

くすんだ黒灰色の髪に、目つきの鋭く尖《とが》ったオッドアイの双眸。がさつに羽織った外套《がいとう》の下からは、やや細身だが引き締まった体躯《たいく》が窺《うかが》える。

「クク……おいおい、あっけないな？　俺を後悔させてくれるんじゃなかったのかよ？」

「貴様っ……ひ、卑怯《ひきょう》だぞ……っ！」

「そりゃあ、俺は盗賊だからな。卑怯でこその盗賊だろ？」

騎士の瞳に映ったアッシュが、けらけらと笑っている。

アッシュにとって、盗みは仕事であり、同時に趣味のようなものでもあった。

とくに、こうして正義を語る連中を圧倒するのは、何よりの快感だったりする。

「悔しかったら、治癒系の魔術でも使ったらどうだ？　……ま、あんたみたいなド三流の騎士には無理な話だろうけどな」

魔術。

いわく、それは世界の法則を捻《ね》じ曲げる術式だ。

体内の魔力を消費する詠唱という発声により、大気中のマナに干渉し、超常的な現象を引き起こす――というのが、その仕組みであるらしい。

無から炎を撃ち出したり、瞬時に怪我《けが》を治したりできる魔術は、戦場において強力無比な武器となる。しかし一方で、魔術は誰にでも扱えるものではないのだ。果てなき知識と理解、精密な魔力コントロール、そもそもの魔術への適性の有無……等々、その習得には尋常ならざる努力と才能を求められる。

事実、アッシュにも魔術は使えない。

目の前で跪《ひざまず》く、このいかにも平凡っぽい騎士にも、とてもじゃないが扱えないはずだ。

「……き、貴様……ただの賊、では……ないな……？」

悔しげに、騎士が聞いてくる。

するとアッシュは、わずかに心を躍らせて、

「へぇ。あんた、見る目だけはあるみたいだな。――いいぜ、答えてやるよ」

いかにもな調子づいた声を、路地裏に反響させる。

心地のいい感覚に身を任せながら、アッシュは語りを続けた。

「あんたの言うとおり、俺はそこらの盗賊とは違うのさ。あえて名乗るなら、そう――」

にやり、と。

アッシュは、悪魔のように顔を歪ませて――、

「――〝盗みの天才《ギフテッド・シーフ》〟だ」

と、そう告げながら。

アッシュは足もとの剣を蹴り上げて、それを軽々と摑《つか》み取った。

しっかりとした鋼の重さと、シルクのような手触りの柄。その感触を味わったアッシュは、満足げに頷《うなず》いてみせる。

「なるほどな。こいつは、たしかに悪くない値が付きそうだ」

対する騎士は、どこか間の抜けた顔をして、

「か……返してくれ！　その剣は、神聖騎士団の――」

「だから盗んだんだよ。あんたらの剣は、裏のやつらに悪くない額で売れるんでね」

そう。アッシュの今日の仕事は、この剣を奪うことだった。

「盗賊が出没した」と自らのことを通報したのも、この路地裏に騎士をおびき寄せるため。

用意した策は毒のみだったが、まあ、どうにでもなるだろうなと確信していた。

なにせ、アッシュは〝盗みの天才《ギフテッド・シーフ》〟なのだ。

そこらの騎士など、もはや敵ではない。美味《うま》いエサのひとつである。

「そ、そうか……貴様が、あの有名な盗賊の……ッ！」

と、騎士が畏怖の視線をアッシュへと向けてきた。

その怯《おび》えるような反応に、さらにアッシュは気を良くして、

「ククク……いいぜ、もう一度だけ名乗ってやるよ」

またしても調子づいた態度で、語ってやる。

この王国には、アッシュのとある異名が広まっていた。

それこそが、さきほども自ら名乗った、あの――。

「この俺こそが、〝盗みの《ギフテッ》――」

「貴様が、あの〝最凶の小悪党《イビル・ウインプ》〟なのか……ッ！」

「あぁ!?　やっ、やめろ!?　そっちの異名で俺を呼ぶな！」

アッシュは慌てて耳を塞ぎ、即座に声を荒らげていた。

それは……もうひとつの、忌々《いまいま》しい異名（というより蔑称）だった。

〝最凶の小悪党《イビル・ウインプ》〟。いわく、調子に乗りやすいアッシュには、どことなく小悪党っぽさがある。……どこの誰が言い出したのか知らないが、不名誉極まりない異名だ。

一方で、アッシュが自ら名乗る〝盗みの天才《ギフテッド・シーフ》〟というほうの異名は、ちっとも広まって

くれる様子がない。なんとも不服である。

「こっ、この俺は〝盗みの天才《ギフテッド・シーフ》〟だッ！　いいな、わかったか⁉」

「く……貴様は、先輩方の言っていたとおりの男だな……」

悔しげに、騎士は両手を握りしめて、

「この私を欺くとは……超一流の盗賊だという話は、どうやら嘘《うそ》じゃないようだ」

「……ふ、ふん。わかればいいんだよ、わかれ――」

「小悪党じみた態度というのも、まさに一致する」

「こ、こあく……っ⁉」顔が引きつる、「ふっ、ふざけんな！　どいつもこいつも、好き放題に言いやがって！　この俺は〝盗みの天才《ギフテッド・シーフ》〟だって言ってんだろ⁉」

ぜえぜえ、と呼吸が乱れるほどに叫ぶ。

夕暮れの空に、かあかあと鳥の声が響いていた。

「あぁもう、こんな時間かよ……？」

この騎士に正しいほうの異名の復唱でもさせようかなどという考えがよぎるが、ここは堪《こら》えておく。たったいま盗んだ剣は、今日のうちに貨幣へと換えておきたいところだった。

そう考えると、あまり時間に余裕はない。

「くそう……ええい、覚えとけよ⁉」

盗みは成功したというのに、どうも気分が悪い。本当に忌々しい異名である。
かくしてアッシュは、捨《す》て台詞《ぜりふ》を吐きながら、路地裏から走り去るのだった……。

◇◇◇

馴染《なじ》みの闇市へと立ち寄って、盗んだ長剣を金貨に換えた。
6番街をあとにして、西のほうへ向かう馬車にこっそりと忍び込む。
ふと気づけば、太陽はすっかり落ちていた。ぽつんと夜空に三日月が浮いている。
やがて到着したのは——首都アーヴェラス、8番街。
その一角にある酒場のドアを、こんこんとアッシュは軽く叩《たた》いて、
「はいはい、いらっしゃいませ——」
からん、と入店のベルが鳴る。
木製のドアを開けてくれたエプロン姿の少女は、アッシュの姿を捉えると、
「——って！　センパイじゃないっすか！」
にぱあ、と満面の笑みを見せてくる。
その少女——ナーシャは、この酒場の店員だ。

小柄な少女である。歳《とし》は十四と、アッシュよりもふたつ下。首もとで綺麗《きれい》に切り揃《そろ》えられた青色の髪と、大きな黄色の瞳が特徴的な容貌は、まだ幼さが残っていて可愛《かわい》らしい。緑色のエプロンは、彼女のトレードマークともいえる装備だ。

「よっ、ナーシャ。今日も客はゼロかよ？」

冗談（というほど冗談でもないが）を交えつつ、カウンターの前まで歩く。

時刻は夜過ぎ。酒場にとっての儲《もう》け時だ。しかしこの店には、アッシュのほかに客の姿は見えない。古っぽい木造の店内には、寂しい空気が蔓延《まんえん》している。

「むぅ。センパイったら、いじわるっすよぅ」

ぷくり、とナーシャは白い頬を膨らませて、カウンターの向こうへと入っていく。

「あたしの店は、ものすごーく客を選んでるんすよ？　センパイみたいな常連さんさえ来てくれれば、あたしは寂しくないんすよーっだ」

べーっ、と舌を出してくる。

アッシュは席につくと、がたんとテーブルに肘をつきながら、

「わかったわかった。いいから、さっさと例のモノを出してくれ」

「……もう。せっかちさんっすよねぇ、このセンパイは」

などと呆《あき》れながらも、ナーシャは茶色い冊子をこちらに渡してくれた。

『メニュー表』と書かれたそれは、この酒場が扱う食事が記されて——など、いない。

「さて、今日の注文はどうするっすか？　お宝を持つ貴族の情報？　封印の解けかけてる遺跡への地図？　あたしのイチオシは、我らが王女さまのパンツの色っす！」

「最後のそれ、どうやって調べたんだよ……？」

「むふふっ、さすがにヒミツっすよ？　あたしたち情報屋にとって、仕入れのルートは命よりも大切なんすから！」

えへんと自慢げに、ナーシャは平らな胸を張った。

この『メニュー表』は、彼女が売っている情報の一覧が載っているものだ。

そう。ナーシャの本業は、いわゆる情報屋である。飲食店の看板で騎士たちの目を欺きつつ、彼女はアッシュのような裏稼業の人間を客として商売しているのだ。

……ちなみに以前、アッシュを「センパイ」と呼ぶ理由を尋ねたとき、「だってだってセンパイは裏の世界のセンパイっすもん！」と元気いっぱいに答えられた。初めはなんとなくムズ痒《がゆ》かったのだが、ようやく慣れてきたところである。

「それで、どうするんすか？　どの情報も、ここでしか買えない貴重品っすよ？」

「まあまあ、そう急《せ》かすなっての」

「えぇ……センパイがそれを言うんすか……？」

ジト目で促されて、冊子を読み進める。

しかし、アッシュの目に留まるような情報は、あまりなかった。

まあ、王女の下着の色というのには、ある意味では興味がある……けれど、そんなバカみたいな情報に金銭を払う気はない。

「ふんふん。センパイ、いまいちな反応っすね？」

その言葉とは裏腹に、ナーシャは明るい声音を飛ばしてくる。

見ると、彼女はにんまりとした笑みを湛《たた》えていた。順調だとでも言いたげに。

「なんだよ、何が言いたいんだ？」

「じつは——とっておきの情報が、あるんすよ」

と、ナーシャは一枚の手紙のような何かを取り出した。

封蝋《ふうろう》で閉じられた、漆黒色の封筒。それを、アッシュの目の前へと差し出してくる。

「……こいつは？」

「開けていいっすよ？　センパイだけの、トクベツっす」

言われるがままに、アッシュはそれを受けとった。

封を解き、折り畳まれていた便箋を開いて、ざっと目を通す。

表題には——予告状、と書かれていた。

予告状
ユースティス神聖王国に暮らす、すべての民に告げる。
貴殿らの国が誇る首都アーヴェラスには、とある宝が眠っている。
その宝は、このぼくが手にするにふさわしい、世界最高の至宝に違いない。
よって今日、深夜0時を告げる鐘が響く時。
その至宝を、頂戴しに参上する。
――怪盗ノア

「……なんだ、こりゃ？」

奇妙だ……というのが、感想だった。

怪盗ノア。最後の一文には、たしかにそう記されていた。その隣には、ドレス（？）を模したようなマークの印鑑が押されている。

次に疑問として浮かんだのは、この予告状という手紙の存在そのものについてだ。なぜ怪盗ノアという人物は、わざわざ犯行予告などしているのか。その意図がさっぱり読めず、アッシュは困惑するしかなかった。

「どうっすか？　あたし、お手柄っすよね？　ね？」

きらきらと目を輝かせて、ナーシャが言ってくる。

撫《な》でてくれと尻尾を振る飼い犬を連想させるような、どこか期待のこもった眼差《まなざ》し。

しかしアッシュは、すでに手紙への興味を失っていた。

「……いやいや。これのどこに、カネを払う価値があるんだよ」

世界最高の至宝という言葉は、たしかに魅力的な響きだ。だが、こんな幼稚な犯行予告なんかを出すようなマヌケの書くことに、信憑《しんぴょう》性があるわけない。

ぱちくり、と、ナーシャがまばたきをひとつ。

やがて、あんぐりと小さな口を大きく開けて、

「え……えええええぇ!?　それ、あの怪盗ノアからの予告状っすよ!?」

「いや、興味ねぇけど」

「えええええええええええええぇ!?　えええええええええええぇ!?」

うるさく叫ばれる。……いや、本当にうるさいな。

「な、なんだよ……怪盗ノアってのは、そんなに凄《すご》いやつなのか？」

怪盗ノア。そういえば、どこかで聞いたことのある名前だった。

しかしまあ、それだけだ。詳しい実態や素性を知っているわけでもないし、そもそも興味を示したこともない。けれど、

「凄いなんてものじゃないっすよ‼　怪盗ノアは、伝説の大盗賊っすよ⁉」

――伝説の大盗賊。

その言葉に、ぴくりと耳が傾く。

「それだけじゃないんすよ⁉」ナーシャは興奮して、「その予告状は、記念すべき１００件目の予告なんす！　今日は伝説の夜になるって話で、裏社会は持ちきりっすよ⁉」

「……ふぅん」

「なのに、カネを払う価値がないなんて……ほんっと、センパイは世間知らずっすよね、このぼっち盗賊！」

ぷいっ、と、そっぽを向かれてしまう。

いまの発言には、いろいろと言いたいことがある……が、ひとまず置いておく。

「……ナーシャ。ひとつ、確認させてくれ」

と、アッシュは銀貨を一枚、ナーシャへと手渡した。

金銭の応酬。この場においては、「情報を買いたい」という意思表示となる。

「その怪盗ノアとかいう盗賊は――この俺よりも、凄いのか？」

「まいどありっす。それじゃ、仕事として答えさせてもらうっすよ」

ナーシャは銀貨を受け取ると、声を落として真剣に話してくる。どうやら、彼女の中の情報屋としてのスイッチが入ったらしい。

「――互角っすね。センパイに負けないくらい、怪盗ノアは優秀な盗賊っすよ」

「……理由は？」

「センパイの盗みの能力は、ぶっちゃけズバ抜けてるっすからね。小悪党っぽいところがあるせいで、世間での評価はいまいちっすけど……実力に関してだけは、まず間違いなく最強レベルの盗賊を名乗れるくらいだと思うっす」

でも――と、ナーシャは区切って、

「怪盗ノアは……未知数なんすよ。多くの予告を成し遂げておきながら、その手口も実力も、何から何まで正体不明。あたしですら、ろくな情報を摑《つか》めてないんすよ？」

ぱん、と彼女は手を鳴らす。話はここまで、の合図である。

「銀貨一枚で話せるのは、これくらいっすねぇ。いくらセンパイが相手でも、オマケはしてあげないっすよ」

「………」

少しだけ、黙考する。

実力が未知数の盗賊であり、アッシュとも互角の存在——。

「なあ、ナーシャ。この予告状は、本物で間違いないんだよな？」

「そりゃもう、もちろんっす！　あたしの処女をかけてもいいっすよ！」

「お、おう。そうか……」

曖昧な返事をしながらも、思考を整理させる。

いわく——怪盗ノアという何者かは、伝説と称される大盗賊だ。

その意味を咀嚼《そしゃく》するかのように、アッシュは脳内で言葉を転がして、

「……よし。なら、決定だな」

にやり、と。

口角を吊《つ》り上げて、好戦的な笑みを作る。

「決定って……センパイ、なにするつもりなんすか？」

「最強の盗賊は誰かってのを、はっきりさせてやるんだよ」

と、アッシュは一枚の金貨を差し出して、

「教えてくれ。その怪盗ノアってのは、いったいどこに現れるんだ？　……お前のことだ、どうせ摑んでんだろ？」

「センパイなら、そう言ってくれると思ったっすよ」

世界最高の至宝――と、予告状には書いてあった。

正直なところ、その至宝とやらの正体に興味はある。けれどべつに、それを絶対に手に入れたいというほどの執着は湧かなかった。

アッシュが求めているのは、怪盗ノアがどこに現れるのか、という情報のみ。

そして、その狙いは――、

「センパイは、怪盗ノアのお宝を横盗《ど》りするつもりなんすよね？」

「ククク……あぁ、そうだ。盗賊の優劣は、やっぱり盗みで決めるべきだろ？」

アッシュの目的は、ただひとつ。

怪盗ノアと、どちらが盗賊として上であるかを、はっきりさせること。

そして世間に、思い知らせてやるのだ。この自分こそが、誰よりも強い盗賊だと。

(だって、俺は……〝盗みの天才《ギフテッド・シーフ》〟として、最強じゃなきゃならないんだ)

くだらない意地だ――と、そう言われても仕方がない、と自覚はしている。

だが、〝盗みの天才《ギフテッド・シーフ》〟で在り続けることだけが、アッシュにとっての何よりも守るべき矜持《きょうじ》であり、生きる意味そのものなのだ。

誰にも負けない強者で在り続けると、そう覚悟したから。

すべてを奪われた日に、そう誓ったから。

だからこそ、自分と互角かそれ以上の盗賊など、放っておくわけにはいかなかった。

「ま、あたしとしては、ぶっちゃけ儲《もう》かればなんでもいいんすけどね」

ナーシャは愉《たの》しげに笑って、

「――シルフィスの森っす。あのでっかい森の最深部に、カテナ教徒の宝物庫があるんすよ。怪盗ノアの予告にある至宝は、間違いなくそこに眠ってるっす」

「うげ……よりにもよって、あいつらのかよ……」

カテナ教。

女神カテナを主神とした、王国の国教である。なんと国民の三割が教徒であるらしい。

だが――カテナ教には、いくつかの黒い噂《うわさ》がある。

そしてアッシュは、不本意ながら、その裏事情に詳しかったりする。名前を聞くたびに嫌《けん》悪《お》感を覚えるくらいには、あの教団のことを嫌っていた。

「この神聖王国で生きていくうえじゃ、カテナ教って名前だけは避けて通れないっすからねぇ。センパイの気持ちはわかるっすけど、ここは我慢っすよ？」

「……わかってるっての。あんな連中のこと、いまさら気にしねぇよ」

そう強がりを吐きながら、アッシュは立ち上がった。

同時に、どうにか思考を切り替える。

例の予告状には、深夜0時に参上すると書いてあった。盗みのタイムリミットまで、そう時間は残されていない。

「邪魔したな、ナーシャ。続報、楽しみにしておけよ？」

出口まで歩いて、ナーシャに手を振ってやる。と、

「あ、あの！」

背中に、ナーシャの声を浴びせられる。

「……センパイ。今回も、やっぱりひとりでやるんすか？」

「そりゃな。お前の言うとおり、この俺はぼっち盗賊なんでね」

言葉を茶化して返す。

しかしナーシャは、いつになく不安そうな声音で、

「……あたしなら、センパイの足を引っ張らないような仲間を、紹介できるっすよ？」

「はっ。そんなもん、この俺に必要だとでも？」

「でも……センパイって、けっこう人気者なんすよ？　センパイを仲間にしたい盗賊団とか、傭兵《ようへい》として雇いたいって声もあるっすし……ついこないだだって、センパイのなにからナニまで知りたがる客が来たくらいっすから」

「お前、俺を売ったのかよ……？」

「そ、それは、その……」

アッシュの背中に注がれていた視線が、逸《そ》れる。

「そのひとなら、もしかして、センパイの仲間になってくれるかも、って……」

「……ったく、お前なぁ……」

ため息が漏れる。

きっとナーシャは、アッシュを気遣っているのだろう。だから声を荒らげるようなことはしないが、かといって、その気持ちに応えてやる義理もない。

「この俺は〝盗みの天才《ギフテッド・シーフ》〟だぜ？　仲間なんざ、ただ邪魔なだけだっての」

不敵な笑みを見せつけてから、ナーシャの店の外へと立ち去る。

からん……というベルの鳴る音が、静かな夜の闇へと残響していた。

◇◇◇

首都アーヴェラス郊外、シルフィスの森。

カテナ教の聖地であるらしい森の中に、アッシュは潜んでいた。

目の前にあるのは、朽ちかけた木造の小屋がひとつ。全体的に苔《こけ》むしていたり、手入れのされていない茂みに囲まれていたりするが、いちおうは宝物庫であるらしい。

「ひとまず、間に合ったか」

首都アーヴェラスには、深夜0時を知らせてくる時計塔がある。その鐘が鳴っていないということは、怪盗ノアの予告よりも早く到着できたと判断していいはずだ。

「にしても……よりにもよって、至宝ってのがアレのことだとはな」

内心で、ため息をひとつ。

あの宝物庫には、『カテナの宝剣』という名の宝が秘蔵されているらしい。

いわくそれは、かつての神話の時代に、女神カテナが愛用していたとされる剣だ。勝利の瞬間に折れてしまったという逸話のあるそれを、この森にて保管しているのだとか。

(……はっ。それのどこが、世界最高の至宝だってんだよ)

宝の価値は、主観で決まることも多い。

カテナ教徒にとっては、その宝剣は世界最高の称号にふさわしい至宝だろう。けれど、信徒じゃないどころかカテナ教を嫌ってすらいるアッシュにとっては、ただの折れた白銀の剣でしかない。ゴミ同然だ。

とはいえ、怪盗ノアの狙う至宝とやらの正体は、その宝剣のことで間違いないのだろう。

宝物庫の正面には、ユースティス神聖騎士団の制服を着た騎士がひとり、仁王立ちの姿勢で警護を行っていた。赤色の腕章は、彼がただの騎士ではないことの証《あかし》でもある。

（あいつは……ええと、アルバートだったか……？）

金髪に碧眼《へきがん》、整った顔立ちの美青年。

アッシュの記憶が正しければ、あの騎士は、ちょっとした有名人だ。

名前は、アルバート＝ライセール。七大公爵家の出身であり、ユースティス神聖騎士団の中でも一、二の実力を誇る、若き秀才騎士……だった気がする。

「ま、なんとかなるだろ――」

時刻は深夜。そして舞台は、森の中。

闇に紛れる立ち回りを好む盗賊にとって、これ以上ないほど有利な環境だ。

ざっと脳内で作戦を練ってから、アッシュは堂々と木陰から姿を現して、

「――よう。お勤め、ご苦労さまだ」

にやり、と。

挑発の意味も込めて、笑ってやる。

「こんな夜更《よふ》けまで残業か？　騎士ってのは、意外とブラックだな」

「……ふむ。どこかで見覚えのある顔だね」

キザったらしい口調で、騎士――アルバートが言った。

「黒灰色の髪に、オッドアイの瞳。それに、まるで小悪党のような言葉遣い……あぁ、なるほどね。君が、あの〝最凶の小悪党《イビル・ウィンプ》〟か」

「ぐっ……⁉　くそ、またその異名かよ……？」

ぴき、と額に青筋が立つ……が、ここは我慢。

「……ふん、好きに言いやがれ。負け惜しみだと思って、今日だけは許してやる」

「負け惜しみ？　ずいぶんと気が早いんじゃないかな？」

「そうでもねぇよ。この俺……〝盗みの天才《ギフテッド・シーフ》〟が、騎士なんざに負けるわけないだろ？」

と――アルバートの双眸《そうぼう》に、侮蔑の感情が混ざる。

「……本当に、穢《けが》らわしい賊どもだ。君といい、怪盗ノアといい、なぜカテナ様の加護を受けた神聖なる王国で悪事を働ける？　恥ずべきことだとは思わないのか？」

「神聖？　どこがだよ？」

皮肉でもなんでもなく、ただ素直に、思った言葉をアッシュは吐いた。

勝利と栄光の女神。それが女神カテナの俗称だ。そして、そんな神を信仰するカテナ教もまた、栄光にふさわしい教えを説く団体ということになっている。

けれど――そんなもの、表面的な話に過ぎない。

栄光の影に潜む闇を、アッシュは知っていた。神聖なんてのは、詭弁《きべん》だ。

「……なるほど。君は不敬というよりも、ただの愚者と称するべきだね」

ぎろり、と殺意を込めて睨《にら》まれる。

「おそらく君は、怪盗ノアの予告を嗅ぎつけて、ここに現れたのだろう？　我らが主たる女神カテナ様の宝剣を、愚かにも手に入れるために」

「だとしたら？」

「あの宝剣は、カテナ教の光の象徴ともいえる至宝だ。この僕の命に代えてでも、君らのような穢れた賊には渡せない」

「……ふぅん。ってことは、やっぱりあんたもカテナ教徒か」

「もちろんだとも。ほとんどの貴族や騎士がそうであるように、僕もまた、カテナ様の光に導かれし者のひとりだからね。ありがたく信仰させてもらっているよ」

「はっ。さすがはカテナ教徒だ、頭が幸せだな」

今度こそ、アッシュは皮肉を込めて返す。

「カテナ教徒どもの、どこがそんなに素晴らしいんだよ？　あいつらが裏でやってる悪事を、まさか知らないわけじゃないだろ？」

「……あぁ、知らないね」

「しらばっくれる気かよ。……ま、いいぜ。なら、この俺がいい話を教えてやる」

やれやれ、と、ため息をひとつ。

それから――アッシュの言葉が、重く尖《とが》る。

「――メ、ビ、ウ、ス＝フ、ァ、ル、ザ、ー。あんた、この名前は知ってるか？」

「当然だよ。メビウス様は、カテナ教の名誉司教だ」

「俺に盗みを教えやがったのは、その名誉司教サマなんだよ」

つい、アッシュは言葉に憎しみを乗せていた。

脳裏に、あの男の邪悪な笑みがよぎる――が、舌打ちとともに、追い払う。

「あいつは……メビウスのクソ野郎は、親を失った俺を拾うフリして、悪事の道具として育てやがったんだ。俺以外にも、何十人ものガキを利用してたぜ？」

「……戯《ざ》れ言《ごと》を。あのメビウス様に限って、そんなはず……」

「ま、俺はまだマシなほうだったけどな。盗みの才能があったおかげで、魔術の実験台にはされなかったんだ」

「実験台、だと？」

「あぁ、そうだ。あいつは、拾ったガキどもを実験のために使い潰したんだよ」

アッシュは、鮮明に覚えている。いつだって、昨日のことのように思い浮かぶ。

迸《ほとばし》るような絶叫を。腐りきった臭いを。赤黒い血の色を。

そして——たったひとりの、大切にしたかった少女の最期《さいご》を。

「だってのに、あいつは実験の失敗を嘆くだけだった。できあがった死体については、何にも思ってない様子だったぜ？」

「…………」

「そんなクソ野郎を、あんたらは名誉司教って呼んでるってわけだ。……ほんっと、頭が幸せな連中だよな。よくもまあ、神聖だとか嘯《うそぶ》けたもんだ」

アルバートの凜々《りり》しい眉が、訝《いぶか》しげに歪《ゆが》められる。

だが、やがて——、

「……賊の言葉に耳を貸すなど、とんだ時間の無駄だったよ」

長剣を抜き放ち、腰もとに構えてくる。

洗練された姿勢だった。ほかの騎士とは、わけが違う。アルバートのやたらと自信に満ちた振る舞いも、それ相応の実力があるからなのだろうと肌に伝わってくる。

「聖地に踏み込んだ罪、常習的に盗みを働く罪、そして——カテナ教と、メビウス司教を侮辱した罪。君には、全霊をもって懺悔《ざんげ》してもらうよ」

「はっ。なんだよ、言い返せなくなったら暴力か？」

「暴力ではない。これは、正義の執行だ」

視線を敵意で尖らせて、アルバートは告げる。

「ユースティス神聖騎士団が誇る、雷騎士アルバート。その実力を、とくと見るがいい」

「……いいね。せっかく戦《や》るんだ、楽しませてもらうとするか」

思考を、臨戦のために切り替える。呼吸とともに、感情を整える。

そしてアッシュも、腰のナイフを抜き放った。

くるくると右手の中で、それを弄びながら――にやり、と口角を吊《つ》り上げて、

「強いヤツの相手は嫌いじゃないぜ？　なんたって、この俺の強さを証明できるからな」

「やはり愚かだね。君に勝機があるとでも？」

「クク……当然だ。だって――」

身体《からだ》をぐっと沈めて、斬りかかるための姿勢を取る。

相対するアルバートが、迎撃の準備をしようとしたところで――、

「――この俺は、〝盗みの天才《ギフテッド・シーフ》〟だぜ？」

足もとに設置しておいた発煙玉を、思い切り蹴りつけた。

同時。黒煙が展開され、周囲を闇へと覆い尽くしていく。

「くっ、目眩《めくら》ましか⁉」

動揺の声が、黒煙の中に響く。

そう。アッシュの構えたナイフは、ただのフェイントだ。

本命は、あらかじめ足もとに仕掛けておいた、ガラス製の発煙玉。アッシュ特製のそれは、ただでさえ明かりのない夜の闇を、完全なる暗黒へと塗り替える。

黒煙が、両者を覆うように拡《ひろ》がっていく。

瞬時にアッシュは地を蹴って、アルバートへの接近を仕掛けた。

だが――。

アルバートは、すぐさま対処の一手を打ってきた。

それは――魔術の、詠唱だった。

「――《雷よ、撃ち放て》‼」

騎士の言葉に、世界が応じたかのように。

小さな雷の矢が出現し、黒煙の中へと放たれる。

アルバートの詠唱により、大気中のマナが反応した――つまり、魔術が発動したのだ。

(……へぇ。いきなり魔術か)

魔術は、誰にでも扱える力じゃない。

類い稀《まれ》な才能と、膨大な努力。そのどちらもが、魔術には必要だ。

だが、このアルバートという騎士は、平然とそれを放ってきた。

雷魔術【サンダー・ショット】。矢のごとき雷をひとつ放つ、下級の魔術である。

無から雷を放つ、脅威的な術式だ――が、黒煙の中で放たれた一射を、アッシュは軽く避けてみせる。

(ま……これは牽制《けんせい》だろうな。本命は――)

思案しつつも、アッシュは肉薄を加速させる。

直後に、予測したとおりの事態が起きた。

大気中のマナが、アルバートを中心として、雷の魔力に満ちていく。

そして。

アルバートは、やはり詠唱する。

「――《雷の礫《つぶて》よ、天空を光り唸《うな》り、いざ降り注げ》！」

瞬間。

この場の黒煙を、丸ごと穿《うが》つかのように。

数十を超える雷の矢が、上空から降り注いだ。

雷魔術【サンダー・レイン】。複数の雷を雨のように降らせる、上級の魔術。

地形ごと襲撃できるそれの前では、たとえ姿が見えない敵であっても、問答無用で雷の餌食《えじき》にできる。黒煙に紛れるアッシュを狙うには、最良の選択に違いなかった。

やがて──焦げたような臭いが、充満していく。

天からの猛襲である雷の礫に、回避の余地などない。その範囲内のすべてが、容赦なく雷に焦がされていく。

「ふん。君のような賊など、僕の魔術にかかれば──」

黒煙が晴れる。

アルバートは勝ち誇ると、その剣を腰の鞘《さや》へと戻そうとして──、

「──俺が、どうしたって？」

アルバートの瞳が、驚愕《きょうがく》に揺らぐ。

その碧眼《へきがん》には、不敵に笑うアッシュの姿が、至近距離で映り込んでいる。

「ッ⁉　いつの間に――」

「のんびり詠唱してる隙を、この俺が逃すとでも？」

そう。詠唱の最中に、アッシュは肉薄を終えていたのだ。

黒煙ごと焼き払う雷魔術【サンダー・レイン】も、当然ながら、術者であるアルバートには被弾しないように調整されていた。そして、その眼前にまで瞬時のうちに迫っていたアッシュもまた、魔術の範囲から外れていたというわけだ。

いつの間に――という、アルバートの困惑は正しい。

高い身体能力を自負するアッシュだが、その中でも、とくに俊敏さに関しては圧倒的だと確信していた。そこに加えて、盗賊として会得《えとく》した技能のうちに、気配を消すための歩行術や呼吸法がある。アルバートの寸前に迫りながらも、その接近を悟らせなかったのは、それらの技能が有効に働いたからこそだろう。

「なんだよ、もう終わりか？」

嘲って、アッシュは右手のナイフを素早く振り上げる。

騎士の凛々しい顔が、ひどく焦燥に歪んで――、アルバートの左首に、光の紋章が浮かび上がった。
光の色は黄色。その形は——稲妻、だろうか。
そして。
詠唱が、静かに紡《つむ》がれる——。
「——《ライセールの紋章よ、ここに迅疾の雷を》!」
アルバートの左首の紋章へと、とてつもない量の魔力が集っていく。
その紋章を視認した瞬間に、アッシュの身体は反射的に回避の動きを取っていた。
「ッ⁉ おい、マジかよ——」
破壊が。
音もなく、破壊が起きていた。
数秒前までアッシュが立っていた場所は、いつの間にか焦土と化していて。
隣には、大地を一直線に焼き抉《えぐ》ったような傷跡が、鮮烈に刻まれていた。

その衝撃が発生したのは、一瞬の静寂を経てからだった。

圧倒的な破壊の帳尻を合わせるかのように、痺《しび》れるような電気の残滓《ざんし》が、風圧とともにアッシュの身体に叩《たた》きつけられる。

けれど――何が起きたのかは、まるで認識できなかった。

一切の目視を許さないほどの速度で、その魔術は放たれていた。

「……穢《けが》れた賊を相手に、これを使わされるとはね」

アルバートの声には、もはや、強者としての余裕はない。

あるのは、目の前の相手を全力で打ち倒そうとする、戦士としての威圧のみ。

「紋章魔術【ライセールの雷迅】。僕の魔導紋に刻まれた、最速にして究極の魔術だよ」

冷徹に語るアルバートの左首には、黄色の光を帯びた紋章が浮かんでいる。

それの正体は――魔導紋、と、そう呼ばれているものだ。

「……へぇ。あんた、紋章持ちだったのかよ？」

「そうだとも。我がライセール家は、雷の魔導紋を受け継ぎし家系であり――女神カテナ様の因子を宿した、誇り高き一族のひとつなのさ」

魔導紋。

それは、女神カテナの因子を引いた者のみが宿す、特殊な紋章だ。

神聖王国には、十七種の魔導紋と、それらを受け継いだ十七族の家系が存在する。

そして、アルバートが属するライセール家は、『ライセールの紋章』を受け継ぎし家系の出身である、ということらしい。

さらに、その十七種の魔導紋は──。

当然ながら、ただの紋章ではない。

「──魔導紋を持つ者は、女神カテナ様の魔術を扱える」

アルバートの語ったとおり、魔導紋を宿した者は、とある特別な魔術を扱える。

それこそが──紋章魔術。

かつて女神カテナが編み出したとされる、十七種の魔術。そのどれもが究極という称号にふさわしい性能を誇りながらも、しかし人類では詠唱が不可能とされている。

だが、魔導紋を持つ者ならば、その不可能を超越できる。

十七種の紋章には、それぞれ一種類の紋章魔術が刻まれている。たとえば『ライセールの紋章』を宿したアルバートが、紋章魔術【ライセールの雷迅】を扱えるように。

「我が一族が受け継ぎし【ライセールの雷迅】は、音速すら凌駕《りょうが》した速度を誇る、究極の雷魔術だ。……どうだい、僕の紋章魔術を目にした感想は？」

「…………」

そう問われて――。

アッシュは、自身の左手へと視線を注ぎながら、

「――いいね。どうやら俺は、とことん運がいいらしい」

にやり、と。

不敵な笑みを、その顔に浮かべていた。

強がりでもなんでもない。ただ純粋に――この状況を、心の底から歓喜していた。

「何を笑っている？　紋章魔術を目にした恐怖で、ついに頭が壊れたのか？」

「俺は盗賊だ。最高の獲物を前にして、笑えずにいられるかよ」

不敵な笑顔は、不敵なままに。

アッシュは、右手だけに装着している手袋を、きゅっと締めなおして、

「ま、そのついでだ――ひとつ、あんたにいいことを教えてやるよ」

「…………」アルバートが身構える。

「究極ってのは、無敵ってのとは違うんだ」

「……何を言い出すかと思えば。僕の紋章魔術に、弱点があるとでも？」

「あぁ、そういうことだよ――」

ナイフを、右手で強く握る。

姿勢を低く沈ませながら、アッシュは呼吸を整えて、

「――この〝盗みの天才《ギフテッド・シーフ》〟こそが、あんたの弱点だ」

強く。

アッシュは、地を蹴った。

瞬発的に加速をして、アルバートへと迫る。

わずかにアルバートが驚愕する――こちらの速度を見誤っていたのだろう――が、すぐに落ち着きを取り戻して、魔導紋を光らせてきた。

大気中のマナが、ぐらりと揺れて、

「――《ライセールの紋章よ、ここに迅疾の雷を》！」

音速を超えた雷が、一直線に放たれる。

しかし、アッシュには当たらない。

魔術が放たれる寸前に、すでにアッシュは動いていたのだ。シンプルな右方向への回避のみ――だが、どれだけの速度を誇る魔術も、放たれるよりも先に避けてしまえば、ただの魔術と脅威度は変わらない。そしてアッシュには、それができるだけの実力がある。

なにせ、アッシュは〝盗みの天才《ギフテッド・シーフ》〟なのだ。

アルバートの視線を盗み、魔術の軌道を前もって予測する程度なら、お手のものだ。

「なっ……いまのを見切ったのか⁉」

その直後には、もう。

アッシュは、ゼロ距離にまで迫っている。

「ま、悪くはない一撃だったぜ？　だから――」

即座にナイフを振り上げる――が、剣によって阻《はば》まれる。

しかし、このナイフもまた、アッシュの仕掛けたフェイントだ。

刃と刃を迫《せ》り合わせるアルバートの、紋章が刻まれた首に。

空いたほうの左手を、差し伸ばして――、

「――あんたの魔術は、この俺が頂戴してやるよ」

にやり、と笑って。

『ライセールの紋章』に、アッシュの左手がぴたりと触れる。

けれど――。

アルバートの周囲には、何も起こらない。

無音の中、ふたたび剣を振られて、アッシュは後方へと飛び退《の》いて避ける。

やがて、アルバートは睨《にら》みを尖《とが》らせて、

「……答えろ。いま、なぜ僕の魔導紋に触れた」

困惑の混じった声。いま何をされたのか、まだ理解していないのだろう。

「さてな。ま、そう焦《あせ》らなくとも、すぐにわかると思うぜ」

「……まあいい。今度こそ、僕の紋章魔術で仕留めてやるまでだ」

「クク、そうだな。やれるもんなら、やってみやがれよ？」

くいくい、と指を使って挑発する。

アルバートは、剣先をこちらへと突きつけて、

「後悔させてやる──ライセールの紋章よ、ここに迅疾の雷を！」

詠唱をする。

だが……。

何も、起こらない。

「……迅疾の雷を！　迅疾の雷を！　……なぜだっ、迅疾の雷を！」

「おいおい、どうしたんだ？　お得意の魔術が発動してないぜ？」

「ライセールの紋章よ、ここに迅疾の雷を！　……くっ、どうして何も起こらない⁉」

「あんた、まだ気づかないのかよ」

やれやれと呆《あき》れを見せつける。

それから、アッシュは自らの左首を指さして、

「ほら、よぉく見やがれ。あんたの大切な魔導紋が、おかしなことになってるぜ？」

そう促されて、アルバートは自身の左首を確認した。

魔導紋の刻まれた、その箇所には――、

何も、なかった。

『ライセールの紋章』は、もう、そこにはない。


「な――なななななななな、なあぁぁっ……⁉」

ようやく、アルバートが異変に気づく。

自身の魔導紋が、どこかへと消えてしまっていることに。

「なぜだッ⁉　なぜ僕のッ、魔導紋が消えているッ⁉」

「ククク……よくぞ聞いてくれた。その答えは、この俺が直々に教えてやるよ」

狼狽《ろうばい》するアルバートへと、見せつけるように。

アッシュは、左手を開いてみせた。

そこには——閃《ひらめ》くような黄色の宝石が、ひとつ。

「……宝石？　そんなもの、いつの間に？」

「たったいま、あんたから盗んだんだよ。この宝石は、そうだな——あえて名づけるなら、『ライセールの紋章石』だ」

湧き上がる愉悦の感情を、もはやアッシュは抑えられなかった。

全力で意地悪く、犬歯を剝《む》き出しに笑って、

「——俺はいま、あんたの魔導紋を、この手で盗んだのさ！」


ぽかん……と。

何を言っているんだこいつは、という顔をされる。

まあ、仕方のないことだと思う。魔導紋を奪われたなどと話されて、すんなり受け入れるほうが難しいだろう。けれど、

「現実を見やがれ、アルバート。あんたの魔導紋は、どっかに消えちまっただろ？」

「いっ、意味がわからない……‼　僕の身体《からだ》に、いったい何が起きている⁉」

「この俺には、触れた魔導紋を宝石に換える力があるんだよ」

端的に、言い放ってやる。

そう。アッシュは、左手で触れた魔導紋を、宝石へと換えることができるのだ。

原理については、自分でもよくわかっていない。だが、事実として、アッシュにはそういう奇妙な力が備わっていた。

〝異能〟――と、かつて憎き義父が語っていた。いわく、魔術に頼らずに超常的な現象を起こせる者が、ごく稀《まれ》に現れる。その異常な力を、文字通り〝異能〟と呼ぶのだとか。

そして、アッシュのこの能力――【略奪の一手《スペル・クラッチ》】と命名した――こそが、その〝異能〟というやつであるらしい。

まあ……そんな些細《ささい》なことは、いまはどうだっていい。

「ふ、ざ……っ、ふざけっ、ふざけるな‼」

ひどく動揺した様子で、アルバートは訴えてくる。

「魔導紋を盗むだと⁉　そんなこと、できるわけがないじゃないか⁉　……くそっ、僕の『ライセール』の紋章は、いったいどこに消えたんだ⁉」

「だ、か、ら。この俺が、宝石にして盗んだんだっての」

「黙れ！　黙れ黙れ黙れ‼　そんな宝石のっ、どこが魔導紋なんだッ‼」

「お、知りたいか？　知りたいよなぁ？　なら、お望みどおり証明してやるよ――」

アッシュの右手の手袋には、この宝石とまったく同じ形の穴がある。

かちっ、と、盗んだ黄色の宝石――『ライセールの紋章石』を、ぴったりと嵌《は》める。

ぴりぴりとした感覚が、全身に流れていく。

「なっ、にを……なにを、するつもりだ……ッ⁉」

「いいか？　俺は、あんたの魔導紋を失わせたんじゃない。

『ライセールの紋章』を――この手で、奪い盗《と》ったんだよ」

右手を、アルバートへと差し向ける。

――魔導紋には、紋章魔術の詠唱を可能とさせる、特殊な力が刻まれている。

ならば、アッシュは――魔導紋を奪い盗った者は、どうなる？

その答えを。

いま、ここに示してやろうではないか。

「……まさか、あの噂《うわさ》は本当だったのか……？」

ようやく動揺を落ち着けたのか、ぼそぼそとアルバートが言葉をこぼしていた。

「魔導紋を奪う力を持つ、悪魔のような何者か――くだらない逸話だと思っていたが、まさか、実在していたというのか……ッ！」

「ククク……せいぜい覚えておけよ？　この〝盗みの天才《ギフテッド・シーフ》〟の存在を、な――」

にやりと、笑ってみせて。

アッシュは、装着した紋章石を行使して、その詠唱を紡《つむ》いだ。

「――《ライセールの紋章よ、ここに迅疾の雷を》！」

雷が、不可視の速度で大地を駆ける。

威力は抑えてある。ただ速いだけで、致命傷を負うような火力じゃない。

けれど……。

呆然《ぼうぜん》としているアルバートは、もはや、それを避けようとする気力もないらしい。

「ふがっ⁉」

びり、という感電の音。

どこまでもあっけなく、雷騎士は倒れ伏せる。

『ライセールの紋章石』は、もちろん、いまだにアッシュの手の中だ。

◇◇◇

ぺちぺちとアルバートの頬を叩《たた》き、その意識がないことを確認する。

その作業を終えたアッシュは、奪い盗った『ライセールの紋章石』を見つめて、

「……こいつは、思わぬ収穫だったな」

アッシュが手にしている紋章石は、これで三つ目。

紋章持ちは、存在そのものが希少だ。その原因については、さすがにアッシュも詳しくない……が、どうやらカテナ教の教義のひとつに、「魔導紋の継承は最低限に留《とど》めさせよ」みたいなものがあるらしい。そして紋章持ちの家系のほとんどが、その教えを遵守しているという話だ。第一子にのみ結婚を許している家系も多い、などと聞いたこともある。

そんな教義の役割は、おそらくだが、ある種の抑止力だ。

魔導紋に刻まれた魔術は、無闇に世界へと広まって良いようなものではない。その絶大な力を悪用する者が現れないようにしているのだろう……と、アッシュは推測していた。

「そこらじゅうにいてくれたほうが、俺としては嬉《うれ》しいんだけどな」

本当に……我ながら、凶悪な〝異能〟だと思う。

たった一種類でも強大すぎる紋章魔術を、いくつも我が物にできてしまう異能。なぜそんなものが自分に宿っているのかは不明だが、〝盗みの天才《ギフテッド・シーフ》〟という称号にふさわしい力であるには違いなかった。が、

「ッ……くそ、ちょっと調子に乗りすぎたか……？」

ずきりと、頭が痛む。

【略奪の一手《スペル・クラッチ》】も、さすがに無欠の異能ではない。

奪った紋章魔術を詠唱すると、莫大《ばくだい》な魔力と体力を消費してしまうのだ。威力を弱めた一発しか詠唱していないにも拘《かかわ》らず、こうして身体に負担がかかるほどに。

「ま……とっとと盗んで、ずらかるとするか」

宝物庫へと向き直る。

ついアルバートとの戦闘に興が乗ってしまったが、本来のアッシュの目的は、怪盗ノアという何者かの狙う宝剣を横盗りすることだ。そうして、どちらがより優れた盗賊であるかを世間に知らしめてやる――それが、アッシュの計画である。

「よっ、と」

宝物庫の木の扉を、ぐっと押し開く。

扉の向こうは、一本の廊下に繋《つな》がっていた。庫内に踏み入ってすぐ、とてつもない量の

ほこりに襲われる。わずかに遅れて、カビの湿っぽい臭いが鼻腔《びこう》に届く。

不快感に顔をしかめつつ、アッシュは真っ暗な廊下を進みはじめた。

ぎこぎこ、と木の板を慎重に歩く。この古さだ、いつ踏み抜いてもおかしくはない。

「……うげ。マジでここにあるのかよ」

怪盗ノアの狙う宝剣は、言ってしまえば、ただの折れた剣だ。

しかもこの小屋は、見るからに手入れがされていない。あれだけの熱烈な信者を抱えるカテナ教の至宝を、こんなボロ小屋に置いておいていいのだろうか。

まあ、アッシュにとっては、どうでもいいことだ。

古びた宝物庫を、慎重に歩き続けていく。と、

「ん、この先か」

廊下の左側に、ふと扉を見つけた。

この扉だけは木造ではなく鉄製で、使用されたような形跡もある。宝剣の在処《ありか》はここです、と言われているようなものだった。

錆《さ》びた鉄の取っ手を、そっと握る。

がちゃ、と、扉を慎重に開ける。鍵はかかっていないらしい。

そしてアッシュは、その向こうへと、音もなく足を踏み入れて――、

その光景に――目を、奪われる。

「――え、？」

朽ちかけた天井から、白銀の月灯《あか》りがほのかに差し込んでいる。

周囲を漂う灰色のほこりが、まるで輝く星々のようで。

だが――その幻想的な一幕でさえ、単なる端役《はやく》に過ぎなかった。

だって、それほどまでに。

その存在に、アッシュの意識は奪い尽くされていたのだから――。


ひとりの、少女がいた。


「――っ、」

儚《はかな》げな銀の髪をなびかせた少女だった。左右で垂れ下がるように結ばれた艶やかな髪は、どんな宝よりも神秘的で、そして絢爛《けんらん》な煌《きら》めきを帯びていた。

藍玉のような輝きを瞳に秘めた少女だった。あらゆる宝石すら霞《かす》ませてしまう双眸《そうぼう》は、目を合わせた者の心を理不尽に奪っていくような、魔性の魅力に彩《いろど》られていた。

その少女は、闇色の玉座のような椅子へと、淑《しと》やかに腰かけて。

ただ、ひたすらに美しく、そこに君臨していた。

「────っ、」

アッシュは、動けなかった。

視線も、思考も、呼吸すらも奪われていた。

彼女の存在は、この古びた小屋を、さながら別世界のように演出させていて。

もし、この少女を自分のものにできたのなら、それはどれだけ幸せだろうか──などと考えてしまうのは、盗賊としての職業病のようなものだろうか。

「──きみなら、来てくれると思ってたよ?」

やがて。

少女の可憐《かれん》な唇が、その声音を奏《かな》でる。

「けれど……これは困ったな。心の準備はできていたつもりだったのに、こうして実際にきみを目の前にすると、うまく言葉が出てこないね」

美しい声だと、そう感じた。

透き通るように、ガラス細工のように繊細で。穏やかで、あったかくて、どこか優しい。

けれど一方で、どことなく理知的で涼しげな——そんな声音。

「……うん。ここはひとまず、自己紹介をさせてもらおうかな——」

その果てしない美貌には、つかみどころのない微笑《ほほえ》みが浮かんでいた。

何もかもを見通している女神のような。それでいて無邪気な子供のような。

どこまでも美しく、そして不思議な笑顔だった。


「——ぼくはノア。怪盗を名乗らせてもらっているよ」


——ノア。

その名前が、アッシュの思考を呼び覚ます。止まっていた時が動き出す。

自らの頬を叩く。余計な邪念を、強引に吹き飛ばす。

「……そうか。お前が、そうなのか」

息を吸って、吐く。

怪盗ノア。

それは、伝説の大盗賊だと、そう呼ばれているらしい者の名前。

「そうだよ？　どうかな――ぼくの怪盗としての姿は、とても清楚《せいそ》だと思わないかい？」

少女――ノアは、悠然と脚を組み替えた。

純白の花を思わせるドレスのような衣装からは、しなやかで白い四肢の柔肌が惜しげもなく晒《さら》されている。その眩《まぶ》しく妖艶《ようえん》な引力に、アッシュの視線は逆らえない。

しかし思考は、かろうじて動く。現実離れした美しさを纏《まと》った少女を前にしながらも、アッシュは漠然と疑問を抱えていた。

「……清楚？」

「うん。ぼくは清楚な乙女として、淑やかに盗みをやっているんだ」

悪戯《いたずら》っぽく、彼女は長いまつげに縁取られた片目を瞑《つぶ》って、

「つまり、ぼくは――清楚怪盗、なのさ」

可憐な声音。

けれど、告げてきた言葉の意味は、よく理解できない。

「……せいそ、かいとう……？」

アッシュは困惑とともに、いくらか冷静さを取り戻せた。

そして、ようやく気づく――この状況の、異常さに。

「……怪盗ノア。どうして、お前がここにいる」

視線を、わずかに動かす。

この少女の美しさの前では、あらゆる存在が霞んでしまう。彼女の背後に突き刺さっている女神カテナの宝剣など、当然のように気にもならない。けれど、

「世界最高の至宝を、深夜0時に頂戴する。それが、お前の予告だったはずだ」

「うん、そうだね」

「だが……予告された時間は、まだ少し先のはずだ。なのにお前は、どうして——」

「もしかして、きみは勘違いをしてるんじゃないかな」

ノアは、どこか楽しげに息をついて、

「ぼくは今回、お宝の名前までは明記しなかった。『カテナの宝剣』を頂戴するだなんて、ひとことも言っていないだろう？」

「……は？」

「ぼくの狙いはね。もっとべつの、もっと素敵なお宝だよ？」

「っ、だったら……なおさらだ。なぜお前は、こんなところに潜んでいた？」

「まあ、そういう細かいことは、どうだっていいじゃないか」

少女の穏やかな微笑みに、新たな感情が混ざる。

あれは――喜び、だろうか。だとしたらなぜだ、と思う。

「ぼくはいま、薄く膨らんだ胸もとに手を重ねて、

「ぼくはいま、とても幸せなんだ。これから手に入るだろうお宝のことを考えるだけで、胸のときめきが止まらなくなっているくらいにはね」

「……今度は、なんの話だよ」

「難しい質問だね。強《し》いて言うなら、恋愛みたいなものかな？」

冗談ですと言わんばかりに、ノアは肩をすくめて、

「ぼくだって、ひとりの年ごろの乙女なんだ。欲しいものを目の前にすると、どうにも胸の高鳴りが収まらなくなってしまうのさ」

「――目の前？」

「おっと。少し、喋《しゃべ》りすぎたかな」

白くて細いノアの指が、その唇に添えられる。

「まあ、ぼくは清楚怪盗だからね。あまり多くを語られてもつまらないだろうし、楽しいおしゃべりの時間も、今夜はここまでにしておこうか」

「……俺としては、ぜひ最後まで説明してもらいたいんだが」

「嬉《うれ》しいね。つまりきみは、ぼくといつまでも喋っていたいんだ？」

のらりくらりと躱《かわ》される。

独特なリズムの会話も――そこで、唐突に区切りをつけられた。

「――きみは、どうしてぼくがここにいるのかと、そう聞いたよね？」

幻想的な藍色の瞳と、その目線が交わる。

どくり――と、心臓が強く跳ねた。

そのあまりの美しさに、アッシュの思考は否応《いやおう》なしに奪われる。

呼吸すらも忘れるような、静謐《せいひつ》な時間が流れていく。

そして。

はっきりと、その少女は告げてみせた。

「――ぼくは、きみみたいな〝切り札《ジョーカー》〟が、欲しかったんだ」

何を。

この少女は、いったい何を言っているのだろうか。

「……っ、なに、を……」

忘れていた呼吸を、思い出す。

どく、どく、と動悸《どうき》を起こす左胸を、強引に抑えつけようとする。

「お前は……なにを、狙ってやがる……？」

どうにか声を出そうとした。けれど、どうしても掠《かす》れてしまう。

しかしノアは、穏やかな微笑みを返してきた。

無邪気で、楽しげな表情に見えたのは——どうしてだろう、と思う。

「ぼくは怪盗だよ？　することなんて、ひとつに決まっているじゃないか——」

白くて細い指先が、ゆっくりと、アッシュへと向けられる。

すべてを見通すかのような双眸が、宝石のように輝いて。

やがて——少女は、ひとつの予告をした。


「——お宝《きみ》を、盗むのさ」


と——東の方向から、鐘の音が響いた。

ごーん、ごーん……という荘厳《そうごん》な音色が、首都アーヴェラスに深夜０時を告げる。

「さて——それじゃあ、開演の時間にしようか？」

ノアは粛々と立ち上がって、お辞儀をひとつ。

彼女の座っていた闇色の玉座は、どういう仕組みか、溶けるようにして消えていく。

それからノアは、左手にステッキを構えると、その先端をこちらに向けて――、

「――《闇の先兵よ、穿《うが》ち喰《く》らえ》」

その唇が。

鮮やかに、魔術を詠唱する。

同時――闇色の球体が、アッシュへと放たれた。

「ッ、やっぱりか――」

なんとなく、そんな気配はしていたのだ。

ノアの醸《かも》し出す、つかみどころのない独特の雰囲気。しかしその態度からは、わずかな戦意のようなものが見え隠れしていた。

だが、放たれた魔術は、ただの下級魔術だった。

闇魔術【ダーク・ショット】。闇の魔術弾をひとつ放つだけの魔術。

アッシュはそれを、余裕をもって回避する。と、

「うん、いい動きだね。さすがは、ぼくの〝切り札《ジョーカー》〟だ」

どういうわけか、嬉しそうなノアの声音。

だが気にせず、アッシュは体勢を整える。魔術を放った直後の隙も、いまは狙わない。

「……お前、さっきから何が言いたいんだよ」

睨《にら》むように、視線を向ける。

「〝切り札《ジョーカー》〟だの、俺を盗むだの……いったい、どういう意味だ？　この俺を攻撃して、お前になんの得がある？」

「言葉のとおりだよ。ぼくの予告は、きみを盗むことだからね」

「それがどういう意味かを、俺は聞いてるんだが――」

アッシュは深々と、ため息をつく。

同時に、思考を落ち着けて、

「――まあいい、むしろ好都合だ。そっちがその気なら……いいぜ、乗ってやる」

にやり、と笑う。

アッシュの目的は、盗賊としての優劣をはっきりさせることだ。

盗みによって勝利することを狙っていたが、このノアという少女を正面から打ち倒すというのも――うん、悪い筋書きじゃない。

「覚悟しやがれ。この俺こそが最強の盗賊だと、全力で証明してやるよ」

「かかっておいで。ぼくの全力をもって、きみを降参させてみせよう――」

ノアは、やはり楽しげに微笑《ほほえ》んで、

「──《揺れる闇よ、炎と踊れ》」

不気味な詠唱が、紡《つむ》がれる。

放たれたのは──どこまでも異様な魔術だった。

見た目としては、紫色の魔術弾である。しかしその表面には、なぜかドクロのような顔が浮かんでいた。

この魔術について、アッシュは何の知識も持っていない。

未知の魔術を前にして、ふいに冷や汗が頬を垂れる。

「ぼくの魔術に、きみはどう対処してくれるのかな？」

余裕たっぷりの、ノアの声音。

アッシュは落ち着いて魔術を観察する──そのドクロ顔の魔術弾は、やたらと速度が遅かった。さきほどの【ダーク・ショット】よりも、ずっと鈍い。

「なんだよ、ビビらせやがって……」

だからアッシュは、さっと簡単な動きで避けようとして、

突如。

その魔術が、爆発した。

「は……ッ⁉」

まるで前兆のない爆発に、しかしアッシュは防御の姿勢を間に合わせた。

両腕を正面に構えて、致命傷から身体《からだ》を守り抜く。

だが、飛び散った熱は浴びるしかない。ちり、と火傷《やけど》の痛み。

「なるほど。さすがの反射神経だね」

感心するような、場違いなノアの声。

「ぼくの炎魔術【サプライズ・フレア】は、ランダムな時間で爆発する魔術なんだ。気配や勘で凌《しの》げるような魔術じゃないんだけれど……まさか、見てから反応されるとはね」

「……くそ、バカにしやがって」

内心で舌を打つ。

厄介な魔術だと認めるしかない。長期戦にすべきではないと、そう判断する。

とはいえ——威力は、そこまで高くなかった。アッシュが過去に奪ってきた紋章魔術のいずれかをぶつければ、打ち消すどころか押し切ることも容易だろう。

(……なら、とっととケリをつけるまでだ)

右の手袋へと、『ライセールの紋章石』を嵌《は》めようとする。

同時、ノアは微笑みを浮かべ直して、

「うん。少し惜しいけれど、きみにはそろそろ降参してもらおうかな——」

不穏な言葉。ぞくりと、アッシュの全身に悪寒が走る。
ノアは、くるくるとステッキを振り回して、
「――《黄昏《たそがれ》より出《い》でし影よ、永劫《えいごう》なる混沌《こんとん》の幕開けを、ここに宣言しよう》」
かつん、と。
ノアのステッキが、床の上を軽々と叩《たた》く。
(チッ、次から次へと――)
節の長い詠唱。つまりそれは、強力な魔術の発動を意味している。
アッシュは警戒を強めて、ノアの魔術に備えようとした。
けれど。
その余裕すら、もはや与えられなかった。
「――――は?」
唖然《あぜん》とする。
目の前には、無数の魔術弾が展開されていた。
ドクロ顔をした、炎魔術【サプライズ・フレア】。
その数は――いったい、いくつだろうか。
空間いっぱいを埋め尽くすほどの魔術弾が、そこに浮かび上がっていた。

「どうかな？　見てのとおり、ぼくは魔術にちょっと自信があってね」

ノアは涼しげに、片目を瞑《つぶ》った。

ちょっと自信がある……なんて、冗談じゃない。

彼女の身体には、魔導紋らしきものは見当たらない。つまり、これだけの数の魔術を、純粋な実力のみで展開したということだ。

しかし、こんな芸当――それこそ、神か何かの仕業としか思えなかった。

「さて、覚悟はできたかい？」

「……覚悟か。そうか、そうだな――」

ごくり、とアッシュは固唾を呑《の》む。

ノアがステッキを構え直し、無数の魔術弾を放とうとしたところで、

「こんなもん――無理に、決まってんだろ!?」

逃げる。

全力で廊下へと飛び出して、ばたんとアッシュは即座に扉を閉めた。

情けない……とは思う。けれど今は、これしか対処のしようがなかった。あんなものを

まともに喰らっては、間違いなく命を落とす。

同時。無数の魔術弾が、解き放たれたらしい。

壁の向こうで、爆発の連続。地鳴りのような衝撃が、宝物庫をぐらぐらと揺らす。

「なんだよそれっ、どうすりゃいいってんだよ⁉」

扉にもたれかかりつつ、腰を下ろす。

爆発音は止《や》む気配がない。豪雨のごとき魔術の連撃は、無尽蔵に続いていた。

「くそ……伝説の大盗賊ってのも、伊達《だて》じゃないってわけか……ッ」

アッシュはこれまで、手練《てだ》れとされる猛者《もさ》たちを何人も相手にしてきた。

だからこそわかる。ノアという少女は、次元の違う実力者だ。

まるで、国家ひとつをまるごと相手にしているような気分に陥る。

「逃げちまう、か……？」

と、弱気なことを考えてしまう。

けれど——もし、ここで逃げ出してしまえば。それは事実上、ノアへの敗北を認めることになる。アッシュの意地は、ここで終わってしまう。

それは……それだけは、許せない。許してはいけない。

だって——。

アッシュには、〝盗みの天才《ギフテッド・シーフ》〟として、強く在り続ける必要があるのだ。

大切なものを理不尽に奪われた、あの日に。誰も助けてくれないと、誰のことも信頼できないと、そう思い知らされたときに。数年前の自分自身に、そう誓ったのだ。

その信念が、アッシュの逃げ道を塞いでいた。

敗北は許されない、と冷酷に告げてくる。

(――考えろ。きっと、何かあるはずだ)

思考を巡らす。打開策を探す。

何か方法はあるはずだと、自分に言い聞かせる。

(盗んできた紋章魔術をぶつける……のは、俺じゃ無理だろうな)

紋章魔術の性能については、いまさら語るまでもない。

無数の魔術を相殺《そうさい》できるほどの火力なら、きっと秘めている。

だが、魔力と体力の消費が激しいという弱点が、ここで足枷《あしかせ》になってくる。

あの魔術弾をすべて打ち消すには、まるで魔力が足りていない。

「クソ、のんびり考えてる時間もないってのに……ッ!」

この扉が頑丈だとは思えない。破壊されるのも、時間の問題だろう。

魔術弾の連撃は、まるで乱れることなく続いていて――、

「……ん？　乱れて、いない……？」

ふと違和感を抱いて、アッシュは扉の向こうへと耳を傾ける。

と——絶え間なく続く魔術弾は、やはり、一定の間隔を繰り返すように爆《は》ぜていた。

（いや……それはおかしい。あいつの魔術は、ランダムに爆発するんだろ……？）

ノアの唱える炎魔術【サプライズ・フレア】は、無作為なタイミングで爆発するという仕組みだと言っていた。

なのに、いま扉越しに聞こえてくる爆破の音には、決まった周期とリズムがある。

最初こそ気にならなかったが、こうして意識を割くと、不気味なほどに精密だった。

それはまるで、大胆で精巧な、嘘のような——。

（——嘘《うそ》？）

ふと。

ひとつの可能性が、頭に浮かぶ。

散乱していた思考が、次々とまとまっていく。

「たとえば、幻術だとしたら……？」

その仮説は——まだ、確信できたわけじゃない。

けれど、もし本当に幻術なのだとしたら、アッシュの中の違和感も解《げ》せる。

幻術は高度な魔術だが、あくまで騙《だま》しの技だ。魔力の消費はそこまで激しくないだろうし、あれだけの魔術弾を操るよりかは、ずっと現実的なはず。

とはいえ、しょせん嘘は嘘だ。

どれだけ巧みな幻術にも、そこには必ず粗が生じる。ランダムに爆発するという面倒な性質まで完璧に再現することは、おそらく困難なのだろう。

「だったら……この魔術弾は、ニセモノのはずだ」

つまりこれは、攻撃ですらない。

当たっても無傷。だからあとは、勇気を出して突入するだけ。

同時——木の破片が、爆発をひとつ喰《く》らって吹き飛ぶ。その衝撃の余波が、アッシュの五臓六腑《ごぞうろっぷ》にまで響いた。

命の危険を、否《いや》が応《おう》でも感じさせられる。

あまりにもリアリティの高い、五感すらも騙してくるほどの幻術。

本当に幻術なのだろうか——と、惑わされる。

「いや……このくらいの賭けに、怯《ひる》んでどうする」

ぱちん、と頬を叩く。

覚悟を固める。勇気を奮わせる。

これが幻術であると確定できたわけじゃない。つまりこれは、ただの博打《ばくち》だ。

けれど──アッシュの盗賊としての勘が、ここで迷うなと語ってくる。

この賭けを制してこその〝盗みの天才《ギフテッド・シーフ》〟だと、そう告げてくるかのように。

「……いいぜ、乗ってやるよ。だって、俺は──」

やがて。

アッシュは、すぅと息を吸い込んで、

「──この俺は、〝盗みの天才《ギフテッド・シーフ》〟なんだッ!」

魔術弾へと、正面から突っ込んだ。

ドクロ顔の魔術弾が、アッシュの身体に──当たることなく、通り抜けた。

ノアの双眸《そうぼう》が、驚愕《きょうがく》に見開かれる。

いい気味だ、と、そう思う。

「……これは驚いた。どうやらきみは、ぼくの想像以上の存在みたいだね」

言葉の意図は不明だったが、そんなもの、いまはどうだっていい。

アッシュは不敵に笑い飛ばし、全力でノアとの距離を詰める。

「ハッ！　この俺を騙せると思ったかよ！」

腰のナイフを引き抜いて、駆ける。

即座に距離を迫り、アッシュは一撃を振り上げようとして、

「──まいった。降参するよ」

ノアが、いきなり両手を挙げた。

それはまるで、戦意がないと示すかのような動作で。

不審すぎて、思わずアッシュもまた、動きを止めてしまう。

「……おい。なんのつもりだ」

「あれ、聞こえなかったかい？」

するとノアは、こくりと小首をかしげて、

「降参さ。ぼくの負けだから、ぼくのことは好きにしてくれていいよ？」

「…………は？」

ぱちくり、と瞬《まばた》きをひとつ。

ノアのそれは、紛れもない降参のポーズだった。

かくして、最強の盗賊の座を賭けた、少年と少女の一戦は。

あっけなく、その幕を下ろすのだった……。

◇◇◇

ノアの身体《からだ》を、ワイヤーでぐるぐる捲《ま》きにした。

ステッキを奪い、ナイフの刃を突きつけながら、いくつかの脅しを吐いたりもした。

けれど……そこまでやっても、ノアは微笑《ほほえ》みを絶やさなかった。

「……なあ。お前、この状況がわかってんのかよ」

ナイフの刃を、ぎらりと光らせる。

それでもノアは、微笑みを崩さない。……もはや変人の領域だな、と思う。

「俺はいま、いつでもお前を殺せる状況にあるんだぞ。少しはビビったらどうだ」

「きみにはできないよ。無抵抗なぼくを傷つけられるほど、きみは悪人じゃないからね」

「はっ。お前が俺の何を知っているつもりだよ」

「さてね。けれどぼくは、きみが思っている以上に、きみに詳しいつもりでいるよ?」

「……なんだそりゃ。意味がわからん」

なんとも気の抜ける会話だ。

　この少女は、まるでこちらの心を見透かしているかのような、どこか気取った調子の喋《しゃべ》り方をしてくる。まさか読心術のような魔術を使われている……わけではないだろうが、とにかく不思議な気分にさせられる応答が続いていた。

「それにしても……少し、拘束がキツすぎないかい？」

　もぞもぞ、とノアの身体が動く。

「手足を縛られ、命を脅されて……これからぼくは、どうされてしまうのかな?」

なぜか期待のこもった声音で、ノアは上目で言ってきた。

それを受けて、アッシュの視線が勝手に動く――ノアの格好は、夜会服のような純白のドレスというものだ。彼女の柔肌に食い込んだワイヤーは、少女の華奢《きゃしゃ》で白いふとももを強調させていて……なんというか、こう、直視できない。

「ちなみにぼくは、きみにならなにをされたところで怒らないよ？」

「なっ……」息を呑《の》む、「……なにもしねぇよバカ怪盗が！　この俺をそこらの変態どもと一緒にするんじゃねぇ！」

「なにもしないのかい？　なら、どうしてぼくを拘束したんだい？」

「それは……こ、これから考えるんだよ」

完全にアッシュが有利な状況なのに、どうしてか手玉に取られている気分だった。

ひとまずノアから視線を逸《そ》らして、いよいよ真剣に考えようと思う。

「これじゃ、まるで勝った気がしねぇんだよな……」

アッシュの目的は、盗賊としての優劣をはっきりさせることだった。

そして実際に、アッシュはノアとの直接対決を制してみせた……のだが、こうもあっけない幕切れだと、どうも消化不良だった。

かといって、拘束したノアをどうこうしても、このモヤモヤは晴れないだろう。

殺害や拷問などはもってのほか。たぶん、そういう性的なアレをしたところで……うん、考えるのはやめておこう。

「ほんっと、どうしたものかね……」

ちらり、とノアを見る。

それに気づいたノアが、楽しげに首をかしげてきた。ふたつ結びの銀色の髪がふわりと揺れて、藍玉のような瞳にアッシュの姿が映り込んでいた。

「ずいぶんと悩んでいるね。ぼくでよければ、相談に乗ろうか？」

「だ……誰が、お前なんかの力を借りるかよ」

「きみらしい答えだけれど、ぼくはぼくで、いつまでも縛られているのは不本意なんだ。

……そこでどうかな、ここはひとつ助け合いをしてみないかい？」

どうしてこの少女には、こうも危機感がないのだろう。

全幅の信頼を置かれているかのような、不気味ともいえる感覚。

と——ふと、アッシュは悪質な脅しを思いついた。

「……よし。決めたぜ、怪盗ノア。この俺を、お前の拠点に案内しろ」

名案だ、と我ながら思う。

するとノアは、微笑みはそのままに、なぜか興味深げに瞳を輝かせた。……顔に感情が出やすいのか出にくいのか、よくわからない少女だなと思う。

まあ、ともかくだ。この要求ならば、彼女が盗んできたお宝のすべてを、アッシュが奪い盗《と》ることができる。それは実質的に、ノアの盗賊としての実績を、丸ごと奪ってやるも同然の行為だ。優劣をつけるという意味では、これ以上ない完璧な手段だろう。

しかし同時に、ノアにとっては絶対に拒否したい要求のはずだ。

となると残る問題は、どう脅しを通すかだが……、

「うん、いいよ」

…………。

「……なんでだよ」

「不思議なことを聞くんだね。きみがぼくに、拠点に案内しろと言ったんじゃないか。なのにどうして、きみのほうが驚くんだい？」

「いや……お前、わかってんのか？　お前の拠点で、俺が何をするつもりなのか」

「ぼくのお宝をごっそり頂戴してやろうとか、そんなところだろう？」

「ぐ……」

図星だ。アッシュは言葉を返せない。

「それとも……もしかして、そっちも一緒にしてしまうのかな？　たしかにぼくの拠点は、そっちをするにも絶好の場所だからね」

「……そっち？」

「そっちというか、えっちだね」

「だっ……ッ!?」

舌を噛《か》んだ。

勢いよく否定しようとしすぎたせいである。痛い。

「……あぁもう。深く考えるのはやめだ」

やってられるかと思考を放棄しつつも、手の中のナイフは動かさない。

アッシュは、再度ノアを脅しつけて、

「これは命令だ、怪盗ノア。──この俺を、お前の拠点に案内しろ」

「いいよ。だけど、一度だけ魔術を使ってもいいかな？」

「……理由は」

「近道を作りたいのさ。ぼくの魔術なら、ここから一瞬で移動できるんだ」

さらっと言われるが、それはつまり、空間転移の魔術だ。

詠唱の難易度は最高峰だと言ってもいいような、超高度で繊細な術式。

しかしアッシュは、そこまで驚かなかった。このノアという少女の実力を評しているのか、はたまた状況のせいで正常な思考力が失われつつあるのか。どちらが正解かはわからないが、どうせ考えても無駄だろう。だからアッシュは素直に頷《うなず》くことにした。

「……わかった。ただし、妙な真似《まね》だけはするなよ？　その場合は──」

「ぼくの身体に、えっちなことをするのかな？」

「しねぇよ!?　お前、よくもまぁ清楚《せいそ》とか自称できたな!?」

「ふふ、冗談だよ」

楽しげに微笑まれる。

……その仕草に、少しだけどきりとさせられる。やりにくい相手だなと、心底思う。

「もちろん、なにもしないさ。それじゃ、さっそく──《昏《くら》き影よ、闇を繋《つな》げ》」

ノアが穏やかに詠唱する。

と――正面の影から、一枚の黒いドアが出現した。

「闇魔術【シャドウ・ゲート】。影と影を繋ぐことで、空間転移ができる魔術さ」

「罠《わな》……じゃ、ないだろうな？」

「不安なら、ぼくが先に入ろうか？　もっとも、手を動かせないとドアを開けられないし、この拘束は解いてもらう必要があるけどね。……いや、ぼくの唇で開けろと命令するなら、話は変わるかな」

「見たくねぇよ、そんな絵図……」

ため息をつきながら、闇魔術【シャドウ・ゲート】に触れて、軽く調べてみる。……が、罠らしき気配はなかった。どうやらノアの言葉に嘘《うそ》はないらしい。

それからアッシュは、ゆっくりとドアを開けた。と――、
その向こう側には、豪勢な屋敷《やしき》の内装が広がっていた。

落ち着いた雰囲気を醸《かも》し出した、高級感のある木製の一室。

「――ようこそ。ここが、ぼくの本拠地さ」

背後から、ノアの穏やかな声。

それに構わず、アッシュはドアの先へと足を踏み入れた。これまた高級感のある家具に

彩《いろど》られた内装は、なんというか、センスがいいなと思わされる。

「……へぇ、悪くない屋敷だな。これなら、なかなか期待ができる」

そこらの貴族にも匹敵するほどの、立派で贅沢《ぜいたく》な屋敷。

ここにはきっと、ノアがこれまで怪盗として盗んできたお宝が、いくつも眠っているのだろう――そう考えると、興奮せずにはいられなかった。

「悪いな、怪盗ノア。お前のお宝は、この〝盗みの天才《ギフテッド・シーフ》〟がすべて頂戴するぜ」

「そう上手《うま》くいくかな？　ぼくの本職は盗みだけれど、じつは隠すのも得意でね」

なるほど。だからノアは、ここまで余裕だったのか。

彼女はどうやら、集めたお宝の隠し場所に自信があるらしい。だからこそ、こうも容易にアッシュを拠点へと招いたのだろう。

「ククク……その余裕がいつまで続くか、見物だな」

と、アッシュは不敵に笑ってみせた。

そしてそのまま、屋敷の捜索を開始した。

――数十分後。

アッシュは、ノアの拠点の書斎で、どんよりとうなだれていた。

がさごそと周囲の物をどかし、お宝の隠し場所を探していた……のだが。

「ま……まったく見つからねぇ……」

結論から言えば、収穫はゼロだった。

そこまで広い屋敷でもないのに、お宝らしきものは、ひとつも見つからない。

「もしかして、そろそろギブアップかい？」

一方のノアは、余裕な態度を保ち続けていた。

ワイヤーで全身を拘束されている状況を完全に受け入れているのか、どこかリラックスしているようにすら見える。……あいかわらず、おかしな光景だなと思う。

「……けっ、好きに言ってろ。必ず見つけ出して、ギャフンと言わせてやるからな」

「そのくらいなら、いつでも言ってあげるよ？　ほら、ぎゃふん」

「ぐ、こいつ……！　完全に俺をバカにしてやがる……ッ！」

苛立《いらだ》ちを原動力に、ふたたび捜索に戻る。

こうして片っ端から探していけば、いつかは見つかるはずだ……と考えていたが、この発想が浅はかだったのかもしれない。

少し視点を変えようと思って、辺りを見回してみる。

と——机のうえに、漆黒の手紙がひとつ。

「……ん、なんだ？」

深く考えずに、アッシュはその封筒を手に取っていた。

そして——驚愕《きょうがく》する。

「は……？　なんだよ、これ……？」

手紙には、見覚えのある書式で、見覚えのある字体の文章が羅列されていた。

それは紛れもなく、怪盗ノアの予告状だ。

そして、その内容は——。

予告状
傲慢なる司教、メビウス＝ファルルザーに告げる。
貴殿の悪辣極まりない非道のすべてを、このぼくは知り尽くした。
信徒や孤児たちの想《おも》いを踏みにじる貴殿の行いは、とても許容できるものじゃない。
よって、つぎに三日月が満ちるときまでに。
その清楚さに欠ける傲慢を、頂戴しに参上する。
——怪盗ノア

「なんで、あいつの名前が――」

メビウス＝ファルルザー。

それは、アッシュにとっての怨敵である、憎き司教の名前。

「あいつは……ノアは、どうしてこんなものを……？」

アッシュの驚愕は、そこで終わらない。

封筒は、もうひとつあった。

無意識のうちに、それを手に取っていた。

それから、記された文章へと視線を落として――、

――衝撃を、受ける。

「――――」

頭が、真っ白になる。

結論から言えば、その封筒には、メビウスの悪事の証拠となる資料が入っていた。

熱心なカテナ教徒たちを騙《だま》し、資金源として利用していること。

多くの孤児や奴隷を拾い集めては、魔術実験の被検体としていること。

それらの罪を、財力と権力と武力のすべてによって揉《も》み消していること。ユースティス神聖騎士団とも繋がりがあり、自身の罪を実質的な黙認状態にさせていること。

そして――被検体、呼称名『異端児』。

知っている言葉だ。忘れるはずのない、忘れられるわけがない言葉だ。

だって、それは――かつての、アッシュの呼び名なのだから。

「――――」

まだ、頭の中は空白のままだった。

あらゆる理解を、拒んでいるかのように。受け入れまいと足掻《あが》くかのように。

けれど――その文字列が、目に刻まれて離れない。

1886／4／28　呼称名『異端児』の存在を確認
1886／5／14　傭兵《ようへい》団アルフォルスを雇用、契約の開始
1886／5／20　ナナル村の掃討、および『異端児』の確保を確認
1886／5／21　ナナル村の孤児、および『異端児』の飼育開始

「…………ぁ」

声。

アッシュの喉から、声のような何かが、落ちた。

それを皮切りにして、ついに、思考が理解をはじめる。

ナナル村。

アッシュの生まれた、故郷の名前。

そして――十年前、大陸暦１８８６年に、炎の中へと消えた村だ。

「……そうか……そう、だったのか……」

事故だと思っていた。

あの男に拾われたのは、偶然だったと思っていた。

運が悪かったのだと思い込んでいた。野盗の襲撃を受けたのも不運。メビウスに拾われたのは、さらなる不運。だから仕方のないことだったのだと、そう思うようにしていた。

だが――違う、のか？

アッシュは。アッシュの故郷は。アッシュの肉親は。

メビウス＝ファルルザーによって、作為的に奪われたのか？

「……ふざ、けるな」

その資料には、事実を裏付ける証拠も同封されていた。ナナル村を襲撃した傭兵団との契約書。それらの文字がメビウスの側近が記したものだと示すための、筆跡の鑑定結果。

疑う余地はない。この紙面は、実際にメビウスに宛てられた書類なのだろう。

とどのつまり、メビウス＝ファルルザーは。

アッシュの故郷も、家族も、大切だった少女も。

そのすべてを己のために奪い尽くした、まさしく傲慢の司教であるらしい――。

「――ふざけるなッ！」

書類を、叩《たた》き捨てる。

名誉ある司教として。あるいは、孤児たちの拾い手として振る舞いながら。

あの男は、アッシュのすべてを焼き払った。

そんなもの――許せるわけが、ないじゃないか。

心臓の奥底から、滾《たぎ》るような怒りが湧き上がってくる。

あの男がのうのうと生きている事実に、アッシュはもはや耐えられない。

「……覚悟しやがれ。この俺が、必ず後悔させてやる」

もう、すべてがどうでもよかった。

この怒りを抑える術《すべ》を、アッシュはひとつしか知らない。

あの傲慢な司教を、絶対に、この手で――、

「それは、きみらしくないんじゃないかな」

――穏やかな声。

アッシュは、ふと冷静さを取り戻す。

遅れて、手の痛みを感知する。握り拳に爪が食い込んで、黒々とした血が滲《にじ》んでいた。

「……邪魔したな。悪いが、俺にはやることができた」

「やることというのは、メビウス＝ファルルザーの暗殺かい？」

「ッ、なんで……」

「きみは顔に出やすいんだね。殺意をまるで隠せていないよ」

「……だったら、どうするつもりだ」

ノアを、睨《にら》む。

敵意があるわけじゃない。しかし勝手に、アッシュは視線を尖《とが》らせていた。

「少しでいい。ぼくの話を、聞いてくれないかな」

けれどノアは、怯《ひる》まずに微笑《ほほえ》みを返してきた。

「……いい気になるなよ。いまのお前に、この俺を止められるとでも？」

「止める？　どうしてぼくが、そんなことをするんだい？」

安らかな声音で、ノアは続ける。

「そもそもの話だけれど、きみにメビウスは殺せないよ。きみは暗殺ができるほどの悪人じゃないし、あの司教も司教で、そう簡単に殺されてはくれないだろうからね」

「……お前、あのクソ野郎の味方をするつもりかよ」

「まさか。むしろ、その逆だよ」

やれやれ、とノアは肩をすくめて、

「きみは、ぼくの予告を、覚えているかい？」

「…………？」

「なら、もう一度だけ、ここで言わせてもらうよ——」

どこか不敵に。

ノアは、清楚《せいそ》に微笑んで——、

「ぼくは——きみみたいな〝切り札《ジョーカー》〟が、欲しかったんだ」

「……あ」

思い出す。

そうだ。そうだった。この少女は、そういうことを言っていた。

「ぼくはね。今夜、きみを盗むつもりだったんだ」

アッシュの困惑など知らぬ顔で、ノアは語りを再開させる。

「きみの盗賊としての実力に、その手に宿す〝異能〟。きみという盗賊は、ぼくが求める理想の〝切り札《ジョーカー》〟にふさわしいんだよ」

つまり、と。

ノアは穏やかに、告げてくる。

「あの予告にあった、世界最高の至宝――それは、きみのことだったのさ」

「……は？」

唖然《あぜん》とする。

ノアの言葉を受け止めるのに、ひどく時間がかかる。

「さて――ここからが、本題だよ」

けれど容赦なく、ノアの説明は続く。

「ぼくが、きみという〝切り札《ジョーカー》〟を欲しがる理由のひとつが、メビウス＝ファルザーを倒すためというものなんだ。……悲しいことに、あの司教はぼくの天敵でね。予告状を出したはいいけれど、ぼくひとりでは、どうも太刀打ちできそうにないんだ」

「……メビウスを、倒す？」

「もちろん、殺すわけじゃないよ。そんなやり方は、清楚じゃないからね」

どやっとノアが薄い胸を張る。……ワイヤーで全身をぐるぐる捲《ま》きにされた状態だったせいで、どうもカッコのつかない仕草だった。

「ぼくは清楚怪盗なんだ。いつだって、盗み以外をやるつもりはないよ」

「……だったら、どうするつもりだ」

「簡単さ。──あの男にとって、命よりも大切なお宝を盗んでやるのさ」

悪魔のような言葉を。

天使のような声音で、ノアは続けてくる。

「きみも盗賊なら、わかってくれるんじゃないかな。

盗みという行為は、とても強力で、それでいて清楚なものだって。極論だけれど、相手のすべてを奪い尽くせば、その相手を破滅させることすらできてしまう。これの何が素晴らしいって、世界からは何も減らないことだ。盗んだものは、ぼくの手の中に残り続ける。

それの使い道だって選べるんだ――ほら、清楚だろう？」

「……だから、あいつを盗みで倒すってのかよ。そりゃ、いくらなんでも――」

「無謀じゃないよ。まあ、前提として、きみが協力してくれればの話だけれどね」

あ――そういうことか、と気づく。気づかされる。

つまり、このノアという少女は、

「お前……そのために、わざと俺に捕まったのか」

ノアが、あの場で降参してみせた理由。

ここにアッシュを誘導し、その復讐《ふくしゅう》心に火をつけるつもりだったのだろう。

アッシュを、メビウスを倒すための〝切り札《ジョーカー》〟として、手に入れるために。

「……ずっと手のひらの上だったのかよ、俺は」

「それは誤解だよ。ぼくの計画は、まるでうまくいっていないんだ」

はぁ、とノアの小さな嘆息。

「ぼくはね、きみを強引に勧誘するつもりだったんだ。きみとの戦闘も、きみを降参させるつもりで臨んでいた。だけどきみは、ぼくの幻術を見破った。……正直、とても驚かされたよ。それと同時に、嬉《うれ》しくもあったけれどね」

「……嬉しい？」

「ぼくの〝切り札《ジョーカー》〟は、ぼくの想像すら超えてきたんだ。これが嬉しくないわけがないだろう？　あのときの胸のときめきは、ぼくの一生のお宝さ」

褒められている……のだと、思う。

だが、ノアの独特な雰囲気のせいか、真に受けていいものかと悩まされる。

「……さて。ぼくとしては、そろそろきみの答えを聞かせてほしいかな」

ノアの双眸《そうぼう》に、まっすぐ見つめられる。

その問いの意味がわからないほど、アッシュは鈍くない。

つまりは、メビウス＝ファルルザーを倒すために、彼女の仲間となるか否《いな》か。

「…………」

アッシュは、逡巡《しゅんじゅん》する。

思い返されるのは——あの日の、業火《ごうか》に包まれた故郷の景色。

そして。

何よりも守りたかった少女の、無残な最期《さいご》。

「……あのクソ司教は、この俺から、すべてを奪いやがった」

正直なところ、わからないことだらけだった。このノアという少女がいったい何者で、なぜアッシュを欲しがっていて、どうやってメビウスを倒すつもりなのか。そのすべての疑問は、ぐるぐると脳内を巡り続けている。

揺るがない事実が、ひとつ。

だけど。

「俺は、メビウスを……あのクソ野郎を、許せない。許してやるつもりもない」

ノアを拘束するワイヤーを、解いてやる。

するとノアは、自由になった身体《からだ》を慣らしながら、

「いまの言葉は、ぼくに協力してくれるって意味で捉えていいのかな？」

「いいや、少し違うな」

アッシュは、ノアへと手を差し出した。

その手に、不思議そうなノアの視線が注がれる。そして、

「俺が、お前に協力するんじゃない。──お前が、俺に利用されるんだ」

にやり、と。

アッシュは、強がりを込めて笑ってみせた。

「誰も信頼しないし、誰とも協力しない。それが、この俺の流儀なんだよ。だが──」

かつてメビウスに大切なものを奪われた、あの日に。

アッシュは思い知ったのだ。信頼していいのは、己の実力のみだと。

だから、この少女のことも信頼はしない。仲間になってやるつもりもない。けれど、

「――お前は、利用価値がありそうだからな。せいぜい、この俺の役に立たせてやるよ」

いかにも性格の捻《ね》じ曲がった言葉だなと、自分でも思う。

だが、これがアッシュの生き方であり、矜恃《きょうじ》なのだ。譲るつもりなど、さらさらない。

「……ふふ。本当にどこまでも、きみらしい言葉だね」

ノアから返ってきたのは、意外な反応だった。

あくまで利用されるだけ。その関係は、決して心地いいものじゃないはずだ。なのに、

「ぼくは、それでいいよ。きみに利用してもらえるなら、むしろ本望さ」

差し出した手を、ぱしん、と握り返される。

どこまでも心地よさそうに、少女の瞳がアッシュを見つめた。

「今日からよろしくね、ぼくの〝切り札《ジョーカー》〟？」

そう、ノアは微笑んだ。

どこか、懐《なつ》かしいような感覚があったのは――いや、気のせいだろう。

2章　作戦開始

翌朝――。

まだ眠い目を擦《こす》りながら、ふらふらとカーテンを開ける。

窓から入ってきた光は、眩《まぶ》しい朝日などではなく、暑苦しい昼間の陽射《ひざ》しだった。

「こりゃ、寝過ぎたか……？」

寝癖のついた髪をぐしゃぐしゃと掻《か》きながら、アッシュは昨晩のことを思い返す。

ノアとの一時的な共闘を決めた、そのあとのことだ。深夜をとっくに過ぎていたため、ひとまずお互いに身体を休めようという話になった。そこでアッシュは、この拠点の空き部屋――ノアいわく、最高のお宝にふさわしい、貴賓室ならぬ貴宝室である――を借りて、一晩を過ごしたのだ。

だが……ふだん固い地べたを寝床としているアッシュは、ふかふかで弾力のあるベッドなどという高級品を利用したせいで、昼間まで熟睡してしまったらしい。

「なんとなく恥ずかしいな、これ……」

「べつに恥じることはないさ。ぼくとしては、むしろ嬉しい限りだとも」

穏やかな、少女の声。

目の前の窓に、ひとりの銀髪の少女の姿が、反射して映っていた。

「…………」

「…………」

沈黙。

ぎょっとして、アッシュは振り向くと……ぴったりと、目線が合う。

「──ぎゃあああああああ⁉」

「ふふ。目が覚めてすぐだというのに、なかなか元気がいいんだね、きみは」

あいかわらずの落ち着いた調子で、その少女──ノアは、嬉しそうに微笑《ほほえ》んだ。

「おはよう、ぼくの〝切り札《ジョーカー》〟？　よく眠ってくれたみたいで、なによりだよ」

「いやいや⁉　いつからいたんだよ、お前⁉」

「ずっと前からだね。きみの目覚めが待ち遠しくて、つい忍び込んでしまったのさ」

などと言うと、ノアは悪戯《いたずら》っぽく片目を瞑《つぶ》った。

そんな少女の姿を、アッシュは流し見る。

いまのノアの服装は、どこか素朴なデザインの、白と緑のワンピース姿というものだった。その髪型も、あの左右に垂らすような結び方はせず、まっすぐに下ろしただけ。華奢《きゃしゃ》な背中まで伸びた綺麗《きれい》な銀髪は、艶のある淑《しと》やかさを湛《たた》えていた。

あの大胆な怪盗服と比べると、なんというか、こう、普通の女の子らしい服装だ。

しかし……これはこれで、ノアの美しすぎる容姿が逆に際立《きわだ》っている。

「うん？　なにか、ぼくの顔についてるかな？」

はっとする。いつの間にか、まじまじと彼女の顔を見つめてしまっていたらしい。

ノアという少女は、どこか幻想的な美しさを纏《まと》っている印象が強かった。そのせいか、ただ可憐《かれん》すぎるだけの平凡な町娘にも見える服装との格差に、つい視線を奪われていたらしい。……本当に厄介な相手だなと、つくづく思う。

「それとも、もしかして──ぼくに、見惚《みと》れてくれたのかい？」

こくり、とノアは小首をかしげた。その白い頬は、わずかに赤らんでいる。

長い銀髪がさらりと揺れる。アッシュはふいっと視線を逸《そ》らしながら、

「……お前、ずいぶんと自分の容姿に自信があるんだな？」

どうにか言葉を選んで、はぐらかす。

と、ノアはどこか照れくさそうにして、

「べつに、そういうわけじゃないよ？　ただほら、ぼくは清楚《せいそ》だからね。きみに少しでも

綺麗だと思ってもらえるよう、外見には気を遣っているのさ」

「それ、清楚と関係あるのか……？」

と、アッシュがノアへと視線を戻して……そのときだった。

ノアが両手で、スカートの裾を摘《つ》まみ上げた。

すらっとした白いふとももが、これでもかと露《あら》わになる。

「どうかな？　ぼくの肌質や肉つきは、男の子的には悪くないと思うんだ」

「は、はぁ⁉」

下着までは見えない、ギリギリの際どすぎる位置。

アッシュは持ち前の反射神経を生かして（？）、ぱっと視界を自分の手で覆い隠した。

「お前っ、なんのつもりだよ⁉　お、俺をどうするつもりだ⁉」

「心外だなぁ。そんな反応をされると、まるでぼくが変態みたいじゃないか」

「まるでも何も、そのとおりだろ⁉」

「……冗談だよ。きみが素直に見惚れていたと認めてくれないものだから、つい、むっとしてしまったんだ」

そう言うと、ノアは両手を離した。重力に従ったスカートが、本来の位置に戻る。

彼女の顔には、やはりというか、いつもの微笑みが浮かんでいた。むっとした……などという彼女の台詞《せりふ》の真偽は、アッシュには判別できない。

「だって、きみは清楚な女の子がタイプなんだよね？　清楚なぼくに見惚れるのも、仕方のないことなんじゃないかな？」

「いや、俺の好みを勝手に決めつけるなよ……」

「あれ？　……おかしいな。たしかにぼくは、そう聞いたはずなんだけどな」

なんだそれ。

まさか寝言でも聞かれたのだろうか。だとしたら、その……いや、忘れよう。

「さて――楽しいおしゃべりの時間も、ここまでにしておこうか」

喋《しゃべ》りながら、ノアがアッシュの横を素通りする。

と、石けんの匂いが空気に香った。たったのそれだけで、どきりと身体が強張《こわば》る。

「ぼくたちの目的、まさか忘れたわけじゃないよね？」

「……そりゃ、当然な」

アッシュたちの目的は、メビウス＝ファルルザーへの報復だ。

カテナ教の名誉司教などと讃《たた》えられながら、非道な悪事を繰り返し、さらにはアッシュの故郷を滅ぼした――そんな傲慢な司教へと、反逆してやるつもりでいる。

（……そういや、こいつはどうして、メビウスを狙ってるんだ？）

アッシュは、復讐《ふくしゅう》のためにメビウスへの報復を企てている。

だが、ノアはどうなのだろう。彼女もまた、メビウスの被害者のひとりなのだろうか。

気にはなる……が、わざわざ聞くようなことでもないだろう。

アッシュにとってのノアは、自らの復讐に利用するための、いわば道具だ。

親密になるつもりなど、もちろんない。無駄な会話は控えておくべきだ。

「頼もしいね。さすがは、ぼくの〝切り札《ジョーカー》〟だ」

ちょこん、と、ノアはベッドに腰かける。

「……言っておくが、俺はお前のモノになったつもりはないからな。むしろ、お前こそ俺に利用される立場なんだぞ」

「それで構わないよ。肝心なのは、ぼくがきみをどう思っているか、だからね」

よくわからないことを言われる。

理解しようとするのも面倒だったので、アッシュは話題をもとに戻すことにした。

「それより……いい加減、聞かせてもらおうか」

「うん？　何をかな？」

「どうやって、あの野郎を倒すつもりなのか、だよ。——昨日、あれだけの啖呵《たんか》を切ってやがったんだ。まさか、何も作戦がないってわけじゃないんだろ？」

「もちろんだとも。きみとぼくにふさわしい計画を、ひとつ用意させてもらったよ」

　ぶらぶらと少女は白い足を前後させて、

「簡潔に説明するとね。あの男から、彼にとってもっとも大切なものを、ぼくたちの手で盗み出すのさ。……と、まあ、それだけの計画だけどね」

「詳細を言え、詳細を。あいつはクソがつくほどの金持ちなんだ、お宝のひとつやふたつを盗んだところで、たいした制裁にはならないだろ？」

「そうとも限らないよ？　お宝の価値というのは、なにも金銭的な価格だけで決まるわけじゃないからね。ぼくにとってのきみが、最高のお宝であるように」

「……冗談はいい。いいから、話を続けやがれ」

「冷たいなぁ。照れるなり怒るなり、なにか反応をくれてもいいんじゃないかな」

　くすり、とノアは微笑んで、

「まあ、それなら、お望みどおりに続けさせてもらうよ。

　つまり、メビウスにとっての〝もっとも大切なお宝〟というのには、金銭的な価値とはまったく無関係の、とある価値が付与されているのさ。――さて、なんだと思う？」

「あ？　そりゃ、ええと……」

　問われて、少し考える。

「……思い入れ、とかか？」

ありがちと言えば、ありがちな話だ。

例えば、亡《な》き家族から託された、ボロボロの錆《さ》びたペンダント。

そういうものには、金銭的な価値はつかない。けれど所有者にとっては、何物にも代えがたいお宝となる。

「さすがだね。ご名答だよ」

「……つまり俺たちは、メビウスの野郎から、思い出の品か何かを盗むってのか？」

「まあ、そうだね。そういう解釈もできるかな」

なんとも曖昧な返答。

しかし気にせず、ノアへの質問を続ける。

「それで実際、そのお宝ってのは、ズバリ何なんだよ？」

「名前は、シンシア」

聞き慣れないな、と思った。

いや……どこかで聞いたことがある気がする。けれどどこで聞いたのか、いつ耳にしたのかは思い出せない。

「渋い顔だね。どんなお宝なのか、いまいちピンと来ていないのかい？」

「名前だけでわかるかっての。そのシンシアってのは、宝石か？　美術品か？」

「ここから先の説明は、現物を見てからにしようか」

と、ノアは勢いをつけて、ふわりとベッドから立ち上がった。

首をかしげるアッシュをよそに、彼女は何もない空間に手をかざして、

「──《昏《くら》き影よ、闇を繋《つな》げ》」

詠唱が響く。

同時、影から生えるようにして、一枚の黒いドアが出現する。

闇魔術【シャドウ・ゲート】。影と影を繋ぎ、瞬間移動を可能とさせた魔術……らしい。

「このドアは、首都アーヴェラスの1番街、つまり上流階層区に繋がっているんだ」

当たり前のことのように、ノアは言ってくる。

「……だから、理由を話せっての。なんのために、そんな場所に」

「行けばわかるさ。きみだって、ぼくの話を聞いているばかりでは退屈だろう？」

「いや、そういう問題じゃ……」

アッシュの言葉は、最後まで聞き届けてもらえなかった。

影色のドアへと、ノアはすたすたと歩きはじめてしまう。

「それじゃあ、ぼくは先に行っているよ」

「お、おい！　待て――」

ノアの姿が、どこかへと消えていく。

取り残されたアッシュは、ぐしゃりと髪に苛立《いらだ》ちをぶつけて、

「……あぁもう！　少しはこっちの話も聞けっての！」

ノアのあとを追って、影色のドアへと飛び込んだ。

◇◇◇

ノアの魔術は、静謐《せいひつ》な街並みに繋がっていた。

青く鮮やかな色が広がる、雲ひとつない快晴の空。しっかりと整備の行き届いた石畳の市街地には、暖かな春の風とともに、小麦を焼いたとき特有の食欲をそそる香りが漂ってくる。街路の続く少し先には、商店街と思わしき屋台の数々が見えた。そのさらに向こう側には、貴族たちの屋敷《やしき》と思わしき、レンガ造りの建物がどこまでも続いている。

そして目の前の交差点には、大きな噴水がひとつ。

石造りのそれは、優雅に水の花を咲かせていた。

「いい街だね。落ち着きがあって、風も心地がいい」

などと呑気《のんき》に、ノアは話しかけてくる。アッシュの背後にあった影色のドアは、いつの間にやら消えていた。

「……俺の話を無視した件については、ノーコメントかよ」

「ぼくはただ、効率良く計画を進めたいだけだよ。そのあたりの考え方は、たぶんきみも同意見なんじゃないかい？」

もっともなことを言われる。

たしかにアッシュも、効率なんて良いに越したことはないと考えている。だからこそ、その理屈を盾にされると、どうにも言い返せない。

「くそ、覚えとけよ……？」

「もちろんだよ。きみとの会話は、一言一句たりとも忘れるつもりはないからね」

何やら意味ありげなことを言われるが、深くは考えない。ノアの言葉の真意を知ろうとするのは無駄なことだと、すでに脳みそが学習してくれたらしい。

「で……結局、ここに来た理由はなんだよ？」

首都アーヴェラスの1番街、上流階層区。

アッシュにとっても、それなりに縁のある街だった。なにせこの街は、通行人のほとんどが上流の貴族なのだ。大金を目当てに盗みを働くには、ここより適した場所もない。

「あの噴水に、女の子が座っているだろう？」

と、ノアがこっそりと前方の噴水を指さした。

その先では、ひとりの少女が噴水の縁に腰かけていた。

おそらく、歳《とし》は十六、七ほど。アッシュと同じか、少し上かに見える。遠目では詳しい容貌までは窺《うかが》えないが、艶やかな金髪から察するに、かなり高位の貴族だろう。

「で？　あいつがなんだって？」

「あれは、メビウスの婚約者だよ」

「ふーん、婚約者……」

少しだけ、理解が遅れた。

婚約者という言葉を口にすると同時に、ようやく驚きが追いついてくる。

「こっ……婚約者ぁ⁉」

「し。声が大きいよ」

ノアの白い指が、アッシュの唇に添えられる。ひんやりとした、やわらかい感触。

「まあ、ひとまず話を聞いてほしい。あの少女はね……」

「……おい、その前に指を離せよ……？」

「おっと、これは失礼。きみの唇がかわいかったものだから、ついね」

片目を瞑《つぶ》りながら、ノアは指を離した。……この少女は、なんというか、いくらなんでも距離感がおかしいなと思う。アッシュが年頃の男児で、対するノアは同年代（たぶん）の美少女だというのに、その自覚はないのだろうか。

「続けるけれど」何事もなかったように、「あの少女は正真正銘、メビウスの婚約者だよ。年齢はまだ十七で、ぼくやきみとほとんど変わらない。けれど神聖王国の法律では、もう結婚できる年齢だろう？」

「まあ、そりゃそうだけどよ……」

「ちなみにぼくも、いつでもきみと結婚できる年齢だよ？」

「……冗談はいい加減にしてくれ。そろそろムカついて殴っちまいそうになる」

「愛ゆえの暴力だね。悲しいけれど、耐えてみせるよ」

「あぁもうどうでもいい話はやめろやめてくれ！」

なぜかノアの頬が紅潮したのを見て、アッシュは
「いいから、話を戻すぞ……」ため息をつき、「それで、あの女は何者なんだよ？　名誉司教サマの婚約者となると、タダ者じゃないんだろ？」

目を凝らして、婚約者だという少女のほうを見る。

彼女は、小脇に抱えていた紙袋から、パンをひとつ取り出した。

そのパンを小さく千切って、おもむろに地面に捨てはじめる。

「……何やってんだ、あれ？」

「さてね。強《し》いて言うなら、王女さまの寵愛《ちょうあい》ってやつじゃないかな」

と、彼女の捨てた（？）パンくずの周囲に、数羽の小鳥が集まってくる。

せっせとパンくずを食べる小鳥たち。金髪の少女は、それを満足げに眺めていた。

「ん……？　王女さまの寵愛……？」

てきとうに聞き流していたノアの言葉に、遅れて引っかかる。

まさか――と、思う。

「きみの気づきは、正しいよ」

心を読んだかのようなタイミングで、ノアが語る。

「あの少女はね――ユースティス神聖王国の、第二王女さまなんだ」

「お、王女……か……」

驚きは、そこまでなかった。

むしろ納得感すらある。メビウスはカテナ教の名誉司教として、そこらの公爵家よりも強い権力を握っていた。神聖王国において、カテナ教はそれだけの巨大な勢力なのだ。

「そして、メビウス＝ファルルザーのお宝は、彼女の屋敷にあるというわけさ」

なるほど、と思う。

ようやくだが、少しずつ話が見えてきた。

「つまり、あの王女サマの屋敷に忍び込めばいいんだな?」

「うん。だいたいはそんな感じだよ」

「……でもよ。王女って、ふつうは王城に住んでるんじゃないのかよ」

「そこはメビウスの要望らしい。ふたりきりで会うために、屋敷を購入してプレゼントしたという話だね」

「うげ……あのクソ司教、ロリコンだったのかよ……」

メビウス＝ファルルザーの年齢は、六十六……だったはずだ。

婚約者との歳の差は、じつに五十ほど。あまり知りたくなかった話である。

「それで、侵入の方法は?　実行はいつだ?」

「侵入はこれから。実行は今だね」

冗談……ではないらしい。

いたって真面目に、ノアは話を続けてくる。

「というわけで、さっそくだけど、きみの出番だね」

「出番、って……尾行でもさせる気かよ」

「安心してくれていいよ？　きみにやってもらうのは、もっと清楚《せいそ》な仕事さ」

と、ノアは婚約者の少女のほうを見て、

「きみには今から、彼女が屋敷に招いてくれるよう、頼み込んできてもらう」

「頼み……ん、なんだって……？」

「まあ、ナンパの要領でやってもらえれば、それで大丈夫だよ」

いやいや。ナンパって。

「……なあ。確認だが、俺たちはこれから盗みをするんだよな？」

「うん、そうだね」

「なら……もっとあるはずだろ。なんというか、それらしいやり方が」

盗賊というのは、基本的に卑怯《ひきょう》で姑息《こそく》だ。

夜中にこっそり屋敷などに忍び込み、お宝を盗んでしれっと立ち去る。騎士と接敵した際には、搦《から》め手《て》や不意打ちなどを生かして戦う。それこそが最適化された盗賊の手口であり、あえて言うなれば、洗練された邪道なのだ。

だからこそ、正面から頼み込むという正攻法など、バカバカしいとすら思う。

もっとほかに、適した手段があるだろうに。

「ぼくは清楚怪盗だからね。できる限りは、穏便に済ませたい主義なのさ」

「……盗賊が清楚ってのは、やっぱり無理がないか……？」

「いいや、盗みは清楚な行為だね。これぱっかりは、きみが相手でも譲れないかな」

珍しいことに、強く言い切られる。

「だって、そうだろう？　英雄たちのやっている救国というのは、外敵の排除……あえて意地の悪い言葉を選ぶと、ただの暴力じゃないか。一方のぼくらは、誰を傷つけることもなく、悪を制することができるんだ。ここまで清楚な行為は、ほかにはないよ」

「そう……か？」

なんとなく極端な言いようだった気がする……が、まあ、正直どうでもいい。

「まあ、もし失敗したなら、きみのやり方でやってくれて構わない。だけどとりあえず、ぼくの作戦を試してみてはくれないかな？」

「作戦ってほど大層でもないだろ……」

「あぁ――もちろん、できないというのなら、ぼくが代わりにやってみせるよ？」

「ぐ……こ、こいつ……っ！」

痛いところを突かれた。負けず嫌いを自覚しているアッシュは、挑発の類いにすこぶる弱いのだ。ノアの口車に乗せられているのだと理解していても、しかし断れない。

こうなったら……もう、やってやろうと思う。

「──上等だ。この〝盗みの天才《ギフテッド・シーフ》〟に不可能なんざないと、ここで証明してやるよ」

虚勢を張りつつ、婚約者の少女のほうに向かって歩き出す。

と、その背中に、ノアの穏やかな声を浴びた。

「ちなみに、清楚なぼくは、二股くらいまでなら許してあげるからね？」

「………………」

あまりにも意味がわからない発言に、アッシュは沈黙するしかなかった。

数秒後。

金髪の王女の前まで歩いたアッシュは、ぴたりとそこで立ち止まり、

「あー……、ええと……」

さて、どうしたものか……と、いまさらになって考えはじめた。

ついノアの挑発に乗ってしまったが、せめて作戦を確立させてから動くべきだったなと、心の中で激しく後悔する。

と──金髪の少女が、ゆっくりと顔を上げた。

「──うん？　きみ、どうしたの？」

その翠色《みどり》の双眸《そうぼう》に、アッシュはまっすぐ射貫《いぬ》かれる。

覚悟はしていたが、やはり美しい容貌の少女だった。

さすがは王女、といったところだろうか。凜々《りり》しくも可憐《かれん》な顔立ちは、艶っぽさと幼さが見事に同居した、危うげなほどに魅力的かつ精巧に整っている。後ろでひとつに束ねられた金色の髪には、清らかな聖女を連想させるような麗《うるわ》しさがあった。

ノアとは違う魅力のある少女だ……などと思わされる。

一方のノアには、どこか儚《はかな》げで現実離れしたような、つかみどころのない美しさがある（本人の前では死んでも言えないが）。しかし、この少女の場合は——完成された美しさ、とでも言うべきか。神に愛されたとしか思えない、凜《りん》とした可憐さのある容姿だった。

……出るところの出た身体《からだ》つきが、華奢《きゃしゃ》なノアとは明確に違うという点もあるが。

「もしかして……きみ、わたしになにか用かな？」

鈴の音のような声。

優しくて柔らかい、年相応に可愛《かわい》らしい声音だった。王族にありがちな厳かで強気な雰囲気は、ほとんど感じられない。

「ええっと……俺はその、あれだ」

これは……仕方ない。気に食わないが、ノアの提案を受けてやることに決める。

つまりは、ナンパの手口だ。

彼女の容姿を、改めて見据えてみる——艶のある金髪に、まつげの長い双眸、桜色の可憐な唇。白い頬はなんとなく柔らかそうで、素朴な市民服（王女の身分を隠しているのだろう）からは、すらりとした手足が伸びている。そして服の下からもわかる、ほどよい大きさを主張する膨らみ。

……うん。これだけの美しさを誇る少女なのだ。きっと、異性が声をかけるというのも、そこまで不自然なことじゃない。こほん、とアッシュは咳払《せきばら》いをして、

「……あんたが綺麗《きれい》だったから。つい、声をかけちまったんだよ」

「え？　き、綺麗って……わたしが？」

「そうそう。だからほら、男としてほっとけなくて——」

と——そのときだった。

後方に、違和感が生じる。

（ん、なんだ？）

大気中のマナが揺らいだ……気がする。それはつまり、魔術が放たれようとしていることの前兆だ。市街地での許可のない魔術は基本的に禁止されているというのに、どういうことなのだろうかと疑問に思う。

その疑問が、解消されるよりも先に。

アッシュの背後に、魔術の気配が迫る。

背中越しに見えたのは……いやに見覚えのある、闇色の魔術弾。

（いや……これ、あいつの魔術だろ⁉）

その魔術を目にしたと同時、アッシュの脳内にて、銀髪の怪盗がにやりと微笑《ほほえ》んだ。

闇魔術【ダーク・ショット】。昨晩の戦闘にて、ノアが唱えた下級魔術である。

意図はさっぱりわからないし、それを考えているほどの余裕もない。

ひとまず避けよう、とアッシュは思った。

せめてもの救いは、これが威力も速度もほとんどない魔術弾であることだ。いまから少しでも動けば、確実に回避できるだろう。

と――金色の髪の少女が、きょとんと首をかしげた。

もしアッシュが魔術弾を回避すれば、それはそのまま、この少女に直撃するだろう。

そんな考えが脳をよぎったせいか、アッシュは、

「ぐふっ⁉」

情けない声とともに、背中で魔術弾を受けた。

威力も速度も、たいしたことはない。けれど、男にしては細身のアッシュを吹き飛ばすには、ちょうどいい火力の魔術だった。

アッシュの身体が、宙を舞う。

金髪の少女の、その隣を通り抜けて、噴水へと落ちていく。

どっぽーん……と、盛大な水しぶき。

もはや気持ちのいいレベルで、アッシュは噴水へと全身で突っ込んでいた。


「――あのクソ怪盗‼　出てきやがれェッ‼」

ざばぁ‼　と水面から顔を出しながら、アッシュは全力で叫んでいた。

あの闇色の魔術弾は、確実にノアの放ったものだ。

なぜアッシュを攻撃したのかは、まるで意味不明である。しかしそんなことより、この怒りをノアに返してやらねば、アッシュの頭は怒りで破裂してしまいそうだった。

けれど……ノアの姿は、どこにも見当たらない。

神出鬼没なノアの性分に、これまで以上の苛立《いらだ》ちを覚える。

「くそ、覚えてやがれよ、こん畜生めが……っ！」

ぎりぎりと歯ぎしりをして、行き場のない怒りを堪《こら》える。

と――目の前に、白い手が差し出された。

「あの……きみ、大丈夫？」

その手は、王女様のものだった。

翠色の瞳が、心配そうにアッシュを覗《のぞ》き込んでいる。

そりゃ心配されるよな、とか思う。なぜならアッシュは、突然として魔術で攻撃され、噴水の中へと見事にダイビングしてみせたのだから。

「あー……大丈夫だ。怪我《けが》をしたってわけでもないしな」

「そんな全身びしょ濡《ぬ》れで、どこが大丈夫なのかな……？」

「たいしたことねぇよ。なんたって、この俺は——」

〝盗《ギフテッド・シーフ》みの天才〟だからな、と続けようとしたところで。

へぶちっ……と、くしゃみに遮られる。

ひゅう、という寒い風。

アッシュはもう、苦笑いをするしかなかった。格好をつけてやろうとしたのに、なんて間の悪いものだと内心で嘆く。

噴水の澄んだ水音だけが、気まずい静寂を演出していた。

やがて金髪の少女は、この沈黙に耐えられなくなったのか、

「……なにそれ。きみ、強がりなんだね？」

にへへ、と、笑顔を浮かべた。

眩《まぶ》しい笑顔だな、と思う。

怒りと恥ずかしさに埋もれていた心が、どこかへと洗われていく。

「でもほら、そのままだと、風邪とかひいちゃうかもよ？　とりあえず、びしょ濡れなのはなんとかしたほうがいいんじゃない？」

「ふ、ふん。この俺が、そう簡単に風邪なんざ引くかよ」

伸ばされた手から、ぷいっと視線を逸《そ》らす。

子供っぽいなと自覚しつつも、それ以外の対応ができなかった。

「そっか。でも、わたしなら、きっときみの助けになれると思うんだ」

しかし少女は、頑《かたく》なに差し出した手を引っ込めない。

「わたしの屋敷《やしき》が、この近くにあるの。きみさえよければ、お風呂《ふろ》を貸すよ？」

「だから、べつに——」

と、断りかけて。

アッシュは、ふと自身の目的を思い出す。

それは、目の前の少女の屋敷に招いてもらえるよう、どうにか説得してみせること。

が……いままさに、しれっとその目的を果たしたような気がする。

「ほら。はやくしないと、ほんとに風邪ひいちゃうよ？」

少女は呆《あき》れることもせず、まっすぐにアッシュに手を差し向け続けている。

作戦のことを考えるならば、この誘いを断る理由などない。だから、

「……わかった。なら、そうさせてくれ」

「あれ、いきなり素直だね？」

「ひとを反抗期のガキみたいに扱うな。……悪いが、案内してくれ」

少女の手を、ぎゅっと掴《つか》む。

そのまま、噴水から引き上げてもらう。

「あ……でも、ひとつだけ約束してほしいかも」

「ん、なんだ？」

「じつはわたしって、その……ちょっと、あんまりひとに知られたくない立場なの。だから、わたしの正体とか、ほかのひとには秘密にしてもらえるかな？」

そりゃそうか、と思う。

彼女の正体とは、ユースティス神聖王国の第二王女であり、メビウスの婚約者だ。その素性を言いふらされると面倒だというのは、まあ当然だろう。

だったらそもそもアッシュを屋敷になど招かないほうがいいのでは、という疑問はあるが……都合がいいので、黙っておく。

「えと……ちょっとだけ、耳を貸してもらえる？」

少女の唇が、耳もとに迫る。

呼吸の感じられる距離。気恥ずかしいが、アッシュは固唾を呑《の》んで耐える。と、

「わたしの名前は、シンシア」

――え？

アッシュは、耳を疑った。

だって、その名前は……。

――そのお宝ってのは、ズバリ何なんだよ？

――名前は、シンシア。

ノアとの会話が、脳裏にフラッシュバックする。

つまり……つまり、だ。

メビウスにとっての、もっとも大切な〝お宝〟とは、まさか。

「シンシア＝ユースティスだよ。よろしくね、びしょ濡れの男の子？」

◇◇◇

時刻は、夕方。

シンシアの屋敷にて、アッシュは風呂を借りていた。

驚いたのは、彼女が王女であるにも拘《かかわ》らず、その屋敷がそこまでの豪邸ではなかったということ。メビウスの婚約者として屋敷を贈られたという話だったが、それならそれで、もっと良い屋敷があったのではと思う。

もしかして、あれだろうか。身分を隠すために、あえて中途半端《ちゅうとはんぱ》な屋敷を選んだ、とか。だとすると、まあ、いちおう疑問は解消される。

いや……そんなことは、ぶっちゃけどうでもいい。

何よりの問題は、ただひとつ。

メビウスの〝お宝〟の、その正体について、だ。

「あぁもう！　どうしてもっと詳しく説明しないかなぁ、あの自称・清楚《せいそ》怪盗は！」

ばしゃあ!!　……と、桶《おけ》に汲《く》んだお湯を、勢いよく頭から被《かぶ》る。

目の前の鏡に映るアッシュの顔は、それはもう苛立ちに満ちていた。

「魔術弾だってそうだ！　あの女、この俺をあんな目に遭わせやがって……」

ムカつくが——あのときノアが魔術を放った理由は、ついさっき理解した。

きっと彼女は、こうなることを予測していたのだ。噴水にアッシュを落とすことで、それを心配したシンシアが、屋敷に来ないかと声をかけてくる……と。

その理屈は、まあ、納得できる。

だが、感情のほうでは納得できない。納得したくもない。

「覚えとけよ！　次に会ったら、意地でも後悔させてやるからな！」

「ふむ。つまりぼくは、いままさに、絶体絶命のピンチというわけだね」

と、突然——少女の穏やかな声が、浴室に響く。

時間が止まった。気がした。

しばらくしてから、おそるおそる目の前の鏡を覗き込んでみる。

やはりというか……ノアの姿が、そこにあった。

しかも、白いタオルを巻いただけの、つまり半裸で。

「ぎゃぁ——」ああああ、と叫ぼうとして、「むっ、もごっ⁉」

「し。静かに」

淡々とした声音とは裏腹に、少女の手が強制的に口もとを塞いでくる。

ついでに言うと、背後から引き寄せられるような体勢のせいで、むに、と柔らかい何かが背中に接触してしまう。つまりは、ええと……煩悩《ぼんのう》がよぎる。

「せっかく、ふたりきりでお風呂に入れたんだ。きみが大声を出すと、シンシア嬢に邪魔されてしまうだろう？」

「もごっもごご、もごご！」

――わかったから、離せ！

その叫びが伝わったのか、ぱっとノアは手を離した。

ぜぇぜぇ、と、アッシュは荒く呼吸を整えながら、

「お前、いつの間に⁉　……というか、どうやってここに⁉」

「正面からだよ。清楚なぼくは、こそこそ忍び込んだりはしないのさ」

それは……どういう意味だろう。

少し考えればわかりそうなものだが、アッシュの思考はうまく働いてくれない。

何度も繰り返すが――ノアは、美しい容姿をした少女だ。

気に食わない相手だが、その事実は認めざるを得ない。そんな少女の半裸姿が真後ろにあれば、男としての本能というかそういうアレは嫌でも意識してしまうわけで。

湯気が満ちるほどの室温のせいか、少女の頬は、わずかに紅潮している。

透明感のある素肌が、華奢《きゃしゃ》な身体《からだ》つきが、すぐ近くにあって。

あぁもう……悔しいが、雑念を抱かずにはいられなかった。

「とはいえ、ひとつ芝居を打たせてはもらったけれどね」

しかしノアは、気にせず説明を続けてくる。

「ぼくはいま、きみのメイドという設定なんだ。そしてきみは、ぼくを従えている、とある貴族という設定だね」

「あぁ……」なんとなく理解する「つまりお前は、俺の従者ですって話をシンシアにして、この屋敷に入れてもらったってわけか……?」

「そうとも。ご主人さまがお世話になっているのだから、そのメイドが駆けつけるというのは、ごく自然な話だろう?」

「そう、なのか……?」

なんというか、少し都合が良すぎるような気もする。

が、それ以上は考えない。いまのアッシュの集中力は、ノアの素肌から意識を遠ざけるためだけに使われていた。余計なことを考えられるだけの余力はない。

「……ふうん?」

と、ノアの何やら楽しそうな声。

寒気にも似た予感が、全身を走る。

「――ところでだけど、いまのぼくはきみのメイドなのだから、きみにご奉仕をするべきだとは思わないかい？」

ほら、やっぱりだ。

鏡を見ると、ノアはいつものように穏やかな微笑《ほほえ》みを浮かべていた。アッシュの少年心を弄ぶのが、さぞ楽しいのだろう。

（くそ、いい気になりやがって……ッ！）

アッシュにも、いちおう……いや、確固たる男のプライドというものがある。

それを良いように扱われて、とっくに我慢は限界だった。

よし――決めた。今回は、意地でもノアの思惑をぶち壊してやる。

（覚悟しやがれ。この〝盗みの天才《ギフテッド・シーフ》〟が、お前をわからせてやる――）

そう誓って、アッシュは得意の不敵な笑顔を貼りつけると、

「――あぁ、そうだな。なら、お前の身体で奉仕してもらうとするか」

強気に、そう言い放ってやる。

この少女だって、アッシュと同年代の、つまり年頃の少女のはずだ。実際に「やれ」と言われれば、多少なりとも動揺するに違いない。

どうだ、と言わんばかりの笑みを浮かべて、背後のノアの様子を窺《うかが》う。

しかし彼女の微笑みは、むしろ嬉《うれ》しさを含んでいて……。

「いいよ。なんなりとだよ、ご主人さま？」

ぴと、と、肌と肌が重なる。

すべすべとした滑らかな触り心地が、身体の温《ぬく》もりとともに伝わってくる。

「ひっ……!?」

「やれと言ったのは、きみじゃないか。このまま、背中を洗わせてもらうね？」

ノアの右手が、アッシュの背後から伸びて、鏡台にある石けんを手に取った。

その際、薄いはずのノアの胸が、肩に押しつけられる。むにゅ、と、わずかな弾力。

アッシュの意地は……もう、とっくにダメになっていた。

「お、おい……冗談だって、冗談」

「それは少し、無責任なんじゃないかな」

ノアの吐息が、耳に当たる距離。

ぞくりとする。頭の中は、すでに半分以上が真っ白だ。

「それに、ぼくとしても、きみにお詫《わ》びをしたかったんだ。きみを噴水に突き落としたのは、まあ作戦のひとつでもあるけれど、それ以前に、ぼくの嫉妬心が原因だからね。きみがシンシア嬢を口説こうとするのを見て、どうも我慢できなかったのさ」

何かを言われるが、まるで話が入ってこない。

そのくらい、ノアの柔肌は滑らかで……つまり、耐えがたいものがあった。

「とはいえ、安心してくれていいよ？　今日のところは、身体を洗うだけで終わりにさせてもらうつもりだからね」

「だッ、だから俺は、冗談で――」

「それじゃあ、さわるよ？」

泡立ったノアの手が、アッシュの背中を撫《な》でるように触れていく。

少女の白い手のひらは、すべすべで、やわらかくて、小さくて。

……心臓が、信じられない速度でバクバクと鳴っている。このまま放っておけば自分は死ぬのではないかと、そんなわけないことを真面目に懸念《けねん》してしまう。

「ちょっ、ちょっと待て⁉」

ノアの手が、ぴたりと止まる。

が、離れてくれたわけじゃない。むしろ密着したまま停止しているせいで、ノアの身体のやわらかさとか良い匂いとか、そういうのを一層と意識させられてしまう。

これは……まずい。本当にまずい。

「うん？　どうかしたかい？」

「ええと……あれだ！　計画について、もっと詳しく話してくれよ‼」

アッシュの声は、情けなく裏返っていた。

とはいえ咄嗟《とっさ》の話題にしては、悪くないものを選べたと思う。

「そもそも！　まず、確認なんだが……」

「もしかして、シンシア嬢の話かな？」

「そ、そう！　それだ！」

必死に、計画のことを考えまくる。

さらさらの銀髪が、首のあたりを掠《かす》める……が、気にしない。気にしてたまるか。

「うん、そうだね。そろそろ、計画の全容を話しておこうかな」

最初からそうしてくれよ……という言葉は、ごくりと唾液と一緒に呑《の》み込んだ。

「さて、どこから説明しようかな。

もうきみもわかっていると思うけど、ぼくたちの狙う〝メビウスのお宝〟の正体は、彼の婚約者そのもの……つまり、ユースティス神聖王国の第二王女であり、この屋敷《やしき》の主でもある、シンシア嬢のことなんだ」

すり、すり、と丁寧に背中を擦《こす》られる。くすぐったいのに気持ちがいい、不思議な感覚が脊髄から脳に巡る。

「つまりぼくたちの目標は、シンシア＝ユースティスを盗むこと、だね」

「ま……待て。さっそく意味がわからないんだが……」

「それについては、もう少しあとで話すよ。だから今は、ぼくのご奉仕に集中してくれていいよ？」

ふぅ……と、耳に吐息を吹きかけられる。

ばくりと心臓が大きく跳ね上がった。……今のは偶然でも事故でもなく、明らかに故意のいたずらだった。声を我慢した自分のことを、全力で褒めてやりたい。

「というわけで続きだけど、まずはシンシア嬢について、詳しく語らせてもらうよ。この国の第二王女である彼女は、ちょっと特殊な性格をした人物でね。一部のひとからは、〝優しすぎる変人〟というふうに揶揄《やゆ》されているんだ」

「……はい？」

「シンシア嬢はね、非打算的な親切を繰り返してしまう、とてつもなく心優しい王女なのさ。小鳥にパンくずを与えるのも、噴水に落ちたきみを見過ごさなかったのも、彼女の優しさゆえの行動というわけだね」

ノアは、ごしごしとアッシュの背中を擦りながら、

「そんな彼女の性格を——メビウス＝ファルルザーは、利用しようとしているのさ」

「…………」

「あの司教が、魔術の実験に熱心なのは知っているだろう？

その新たな被検体として、シンシア嬢を使おうとしているらしくてね。ユースティス家の王族は、ものすごい魔力量を備えているから、きっとメビウス＝ファルルザーは、王女の身体を利用したくてたまらないんじゃないかな？」

「……、そうかよ」

ふと気づけば、アッシュは平静な心を取り戻していた。

メビウスへの憎しみが、理性を制御してくれる。この状況を忘れさせてくれるほどに。

「さて——ここでようやく、ぼくたちの出番というわけだ」

どこか勝ち気な、しかし穏やかなノアの声音。

「メビウスにとっての魔術実験は、それこそ命よりも大切なものだ。そして彼は、今回の結婚によってシンシア嬢を手に入れることで、ついに実験の成功を叶《かな》えようとしている。

そこで——ぼくたちの手で、シンシア嬢を盗むんだよ。

どうかな？　とても清楚《せいそ》で、素晴らしい作戦だろう？」

「いや、清楚ってなぁ……」

口を挟む。

「そもそも、シンシアを盗むってどういう意味だよ？　誘拐でもする気か？」

「まさか。そんなやり方、清楚じゃないからね」

「なら、どうするんだ……？」

じゃばあ、と、背中にお湯をかけられた。

泡の感触が流れ落ちていく。やっと終わったのかと安堵《あんど》するのも束《つか》の間、ノアの告げるような声音が、静かな浴室を響かせた。

「——シンシア嬢を、寝盗《と》るんだよ」

ね、とる……？

告げられた言葉の意味は、最初、まるで理解できなかった。

「つまり、シンシア嬢をきみに惚《ほ》れさせて、彼女に結婚を辞退してもらう作戦だね」

「は、はあぁ——」叫ぼうとして、「むっ、もごっ⁉」

「し。静かに」

口を塞がれる。

またしてもノアの柔らかい身体《からだ》の感触が、むにゅ、と背中に触れる。

「そこまで驚くことかな？　ちょっとしたハニートラップみたいなものじゃないか」

「むごごむごーごごっごむごごむごごむご！」

——俺はハニートラップなんてやらねぇよ！

「そうなのかい？　てっきり、きみなら習得していると思っていたよ」

解放される。……というか伝わってたのか、すごいな。

「まあ、安心してくれていいよ？　シンシア嬢を惚れさせる手伝いは、ぼくも頑張らせてもらうつもりだからね」

「くそ、俺がやる前提かよ……」

「ぼくとしては、きみはぼくだけの〝切り札《ジョーカー》〟であってほしいところだけれど……ここは清楚に、ぐっと涙を堪《こら》えてみせるとも」

「いや……というか、前提からして納得ができねぇんだが……」

アッシュは重々しく、ため息をつく。

「仮にだぞ。シンシアを、その……俺が寝盗ったとしてだ。それで本当に、あのクソ司教への報復になるのか？」

「もちろんさ。きみも知っているだろう？　あの司教の、魔術実験に対する執着心を」

「それは……」

ノアの言葉は正しい。メビウス＝ファルルザーは、異様なまでの魔術実験へのこだわりを見せていた。何人もの孤児たちを被検体とし、非人道的な行為を毎日のように繰り返していたのを、アッシュははっきりと記憶している。

あれはたしかに、実験に人生のすべてを捧《ささ》げているかのような男だった。

もし、それを阻止したなら……なるほど。復讐《ふくしゅう》としては、悪くないのかもしれない。

「それだけじゃないよ」ノアは微笑《ほほえ》んで、「あの司教も、さすがに国王が相手となると、その罪を揉《も》み消せないようでね。王族の前では、善人のフリをしているみたいなんだ」

そこで、とノアは言葉を繋《つな》いで、

「きみが王女であるシンシア嬢を寝盗り、彼女にメビウスの罪を告げれば、その話は国王にまで届くはずだよね」

「……待て。それ、わざわざ寝盗る必要あるか？　すぐ告発しちまえばいい話だろ？」

「ぼくたちみたいな泥棒と、誉れ高き名誉司教の言葉。シンシア嬢は、どちらを信じてくれると思う？」

ぐ。言い返せない。

「でも、きみが彼女を惚れさせて、寝盗ることができれば——つまりは、恋人にさえなれば。きっと、きみの言葉を信じてくれるはずだよ」

「だからって、お前なぁ……」

「この盗みがうまくいけば、メビウスの実験という野望を打ち砕いたうえで、その罪のすべてをシンシア嬢に告発してもらえるんだ。……ね？　ひとくちでふたつ美味《おい》しい、清楚な作戦だと思わないかい？」

嬉《うれ》しそうなノアの声。褒めてくれ、とでも言いたげな調子だった。

はぁ、と、アッシュはふたたび重く息をついて、

「いや……それのどこが、盗みなんだよ……？」

寝盗る――と、ノアは言っていた。なるほど確かに、恋心を奪うというのは、一種の盗みなのかもしれない。つまりシンシアを惚れさせるという行為は、メビウスを相手とした盗みになり得るという理屈だろう。

……いやいや。どんな屁理屈《へりくつ》だよ。

「言っとくが、俺はやらないからな」

アッシュは盗賊だ。そしてその獲物は、いつだって宝石や金銭などだった。

そこにいきなり「王女を惚れさせて寝盗れ」などと言われても、やるわけがない。

「そっか。それなら、諦めるしかないね」

するとノアは、意外にも、あっさりと言ってきた。

しかし、その唇は次の言葉を紡《つむ》いでくる。

「とはいえ、残念だよ。まさか——きみにも、盗めないものがあったとはね？」

「……うぐっ⁉」

やはり的確に、痛いところを突いてくる。

こんなもの、昼間のときと同様で、ただの挑発に決まっている。アッシュの負けず嫌いな性格を揺さぶって、うまく言いくるめようという思惑なのだ。

その事実を完全に見抜いていたから、にやりとアッシュは笑って、

「——訂正しやがれ。この〝盗みの天才《ギフテッド・シーフ》〟に、盗めないモノがあるわけないだろ？」

つい、そう言ってしまう。

自分の幼稚さを叱りつつも、こうなってしまえば、もう引き返せない。

もはやアッシュは、覚悟を固めるほかになかった。

「……いいぜ、やってやるよ。シンシア＝ユースティスは、この俺が寝盗ってやる」

「うん。きみなら、そう言ってくれると思ったよ」

と、そのときだった。

つー……と、冷たい指先が、アッシュの背中を上から下へと這《は》っていった。

奉仕をしろというアッシュの命令は、さっき完遂されたはず。だからアッシュは安堵していたというのに、その接触は不意打ちだった。

「ひぃっ⁉　お……お前、いきなり触るなよ⁉」

恥辱を誤魔化す意味も兼ねて、アッシュは叫ぶような声を発した。

だけど、

「──きみの背中は、大きいね」

返ってきたのは、どこか神妙な声。

そして──少女の身体に、ぎゅう、と抱きしめられる。

（……え？）

突然のことに、アッシュは硬直してしまう。いま何が起きているのか、さっぱり理解できない。わかるのは、やわらかい少女の肌の感触と、ふたつの心臓の音。

そのまま、少しだけ、時間が過ぎる。

やがて、背後から抱きしめられているのだと、ようやくアッシュは理解して、

「……ぎゃあああああ⁉」

身体が、勝手に動いていた。

ノアの腕を取り、そのまま思いきり背負い投げをキメてみせる。

ばごぉん‼　……という、ものすごい衝突音。

投げ飛ばされたノアは、ひっくり返った亀のような体勢で、床に激突していた。

「なななッ、何しやがる⁉　この変態‼」

アッシュは自分の身体を引き寄せるように抱きしめて、前方のノアを睨《にら》みつけた。

上下さかさまな姿勢のままで、ノアは平然と声を返してくる。

「心外だなぁ。清楚なぼくの、どこが変態だというんだい？」

「自分の胸に聞いてみやがれよ⁉」

そんなことを言ったせいか、アッシュの視線が、勝手にノアの胸もとへと動いた。

投げ飛ばした影響だろう、タオルがずれて、白い谷間が露《あら》わになっていて……。

「そういうきみも、見るべきところは見ているじゃないか。えっち」

「っ……⁉　おっ、お前が言うなよ‼　この変態怪盗‼」

と――どたどた、と廊下のほうから足音。

それからすぐに、浴室のドアが力強く開け放たれる。

「どうしたの、大丈夫⁉」

姿を見せたのは、金髪の少女――シンシアだった。

優しすぎるという彼女は、浴室の異音を聞いて、即座に駆けつけてきたのだろう。

しかし彼女の視界に入ってきたのは、身を抱えて立ち尽くすアッシュと、その正面にてひっくり返っているノアの姿。

困惑するには、充分すぎる光景である。

「あぁ、うるさくしてすまない、シンシア嬢」

と、誰よりもおかしな体勢の少女が、誰よりも落ち着いた声を出す。

「見てのとおり、ぼくもぼくのご主人さまも、リラックスさせてもらっているよ」

「そ、そうなんだ……？」

シンシアの行動は、やはり優しかった。

アッシュたちの奇行（？）から、そっと目を逸《そ》らしてくれる。

「えと、夕食の準備をしたんだけど……せっかくだし、ふたりも食べてかない？」

「本当かい？　なら、ありがたく頂戴しようかな」

すくり、とノアは何事もなかったように立ち上がると、胸もとのタオルを直しながら、

「いいよね、ご主人さま？」

などと、無垢《むく》な微笑みを向けてくる。

アッシュは心ここにあらずといった調子で、唖然《あぜん》とするしかなかった……。

◇◇◇

「お待たせ。どうかな、似合うかい？」

浴室の隣にある、小さな更衣室。

着替えを終えたノアの格好は、素朴なワンピース姿から一変していた。

黒と白を基調とした、ゴシック調の衣服である。

「いまのぼくは、きみのメイドという設定だからね。この服装なら、清楚《せいそ》なメイドにしか見えないだろう？」

くるりひらひら、と、ノアはその場で一回転した。

膝丈のスカートが、ふわりと風を孕《はら》んで揺れる。彼女のその服装は、俗に言うメイド服であるらしい。……といっても、胸もとを大胆に開き、小さいながらに形のいい谷間を覗《のぞ》かせている服の構造は、奉仕者としてふさわしいのか疑問ではあるが。

「このメイド服はね、ぼくが自分で縫ったものなんだ。清楚なぼくは、じつは裁縫が趣味だったりもするのさ」

「清楚、ねぇ……」

たびたび彼女が口にする言葉だが、その定義は曖昧だった。

少なくとも、わざわざ胸もとを披露するような構造に衣服を仕立てるのは、とても清楚な所業には思えないが……そのあたりは、どうなのだろう。

「きみに綺麗《きれい》だと思ってもらおうとすること自体が、ぼくを清楚たらしめる要素のひとつだからね。ちょっと恥ずかしいけれど、きみにぼくの肌を見せることは、むしろ清楚な行いなんだよ？」

「ぜっんぜん意味がわからん」

「まあつまり、きみがぼくの肌をつい見てしまうのは、ぼくが清楚だからこそ起こる摂理に過ぎないのさ」

と、ノアは微笑んで、

「たとえば今、きみがぼくの胸をちらりと見たようにね」

「う、うるせえよ⁉　お前こそその胸で俺をどうするつもりだ、この微乳怪盗‼」

さっきの浴室での一件……抱きつかれたアレだ……以来、ノアを見るアッシュの目は、完全に変質者に向けるそれになっていた。

つまりどういうことかというと、その……ぶっちゃけノアが怖い。

「どうもしないよ。どうにかしてほしいというのなら、話は別だけれどね？」

「いい！　しなくていい‼」

もはやアッシュは、ちょっとだけ涙目だった。

と、更衣室のドアが、こんこんとノックされる。

「ふたりとも、そろそろ大丈夫かな？」

向こう側からの、シンシアの鈴のような声。

「ちょうど終わったところだよ。お待たせしたね、シンシア嬢」

「ん、よかった。わたしもちょうど、ご飯の用意が終わったんだ」

がちゃりとドアを開けて、金髪の少女が顔を出す。

と、彼女は「おぉ……」と驚きの声を漏らして、

「ノアちゃんって、ほんとに美人だね？　なんだか、わたしと同い年くらいの女の子には見えないなぁ……」

すると今度は、アッシュのほうに翠色《みどり》の瞳が向けられる。

「きみ、あんまりノアちゃんが美人だからって、襲いかかったりしちゃだめだからね？」

むしろ襲われてるのは俺のほうなんだ……などと言っても、きっと信じてもらえないだろう。男というのは辛《つら》いものだ。いや本当に。

「わたしの屋敷《やしき》で、その……えっちなことしたら、ちゃんと掃除してもらうからね？」

「いや、するわけねぇだろ……？」

「どうかなぁ。きみたち、これから一週間はうちに泊まるんでしょ？」

「だからって、するわけが…………って、え？」

シンシアの言葉が引っかかって、すぐにアッシュはノアの耳もとに口を寄せた。

そのまま、こそこそ話の声量で、

「……おい！　いまの、なんの話だ⁉」

「うん？　なんのって、どれのことだい？」

「とぼけんな‼　あいつ今、『一週間はうちに泊まる』とか言ってたろ⁉」

「あれ。言ってなかったかな？」

しれっと頷《うなず》かれる。

「ぼくたちの実家が、事故でなくなった……という芝居を、させてもらったんだよ」

「は、はあ……？」

突拍子もない話。

だけどまあ、その狙いはなんとなくわかる。

「……お前、シンシアを騙《だま》したんだな」

「騙すなんて、人聞きが悪いなぁ。まあ、否定はできないけれどね」

いわく、シンシア＝ユースティスは〝優しすぎる変人〟だ。

そんな彼女の性格を利用して、ノアは「家を失《な》くした不幸な男女」という演技をしたのだろう。シンシアの屋敷に宿泊する、という状況を手に入れるために。

「……で、そんな嘘《うそ》をついたのも、寝盗《と》りやすい状況を作るためってわけか」

「ご名答だよ。同棲《どうせい》生活ほど、恋のしやすい環境はないからね」

要するにこれは、ノアなりの手助けというやつなのだろう。と、

「ふたりとも、どうかしたの？」

こそこそ話を長く続けすぎたか、シンシアにそう問われる。

アッシュはノアのそばを離れて、

「あー、悪い。俺の知らないところで話が進んでいたから、詳しく事情を聞いてたんだ」

「……えっちな密談とかじゃないよね？」

「だっ、誰がするかよ、そんなもん！」

「でもきみ、ノアちゃんと一緒じゃないと、ぜったいお風呂《ふろ》に入らないんでしょ？」

「はぁ⁉」

叫びつつも、察する。

たぶん……というか確実に、ノアが余計なことを言いやがったのだ。

「よそのおうちの事情に口出すつもりはないけどね？　でも、わたしの屋敷に泊まる以上は、ちゃんと節度よくやってもらうよ？」

シンシアに、生暖かい目を向けられる。

一方のアッシュは、横目でノアを睨みつけて、

「くそ、あとで覚えとけよ……？」

「ぜひ楽しみにしておくよ。なにせ今日からぼくたちは、ひとつ屋根の下で暮らすんだ」

と、ノアはスカートの裾を摘《つ》まみ上げると、お淑《しと》やかに一礼して、

「今日からよろしくだよ、ご主人さま？」

3章　王女の日常

深夜の回廊に、こそこそと動く影がひとつ。

暗闇に覆われたシンシア＝ユースティスの屋敷にて、アッシュは息を殺していた。

背後には、目的地となるシンシアの私室。その扉を後ろ手で開けると、そそくさと内部へと侵入してみせる。

すう、すう、という可愛《かわい》らしい寝息。

シンシアは就寝中だと、遠目ながらに判断する。

（……よし）

足音を忍ばせて、部屋の隅にある棚へと向かう。

その上段をこっそり開けて、アッシュは目的のものを探りはじめた。

（……これか？）

右手で触れた一冊の手帳を、夜目を利《き》かせて確認する。

――間違いない。これこそ、狙っていたモノだ。

それを外套《がいとう》の内側に仕舞うと、アッシュはやはり音もなく部屋をあとにする。

扉に背を預けて、ふう、と安堵《あんど》の息をつき、

「ハッ。ちょろいもんだな」

などと、ひとりごとを呟《つぶや》く。

ひと仕事を終えたアッシュは、貸してもらった空き部屋へと踵《きびす》を返した。


ガチャリと扉を開けて、部屋の中に入る。

と——メイド服姿のノアが、じとっとした視線をこちらに向けていた。

「さて。こんな夜更《よふ》けに、いったいきみは何をしてたのかな?」

「……げ。お前、まだ起きてたのかよ」

「もちろんだとも。きみよりも早く眠るなんて、もったいないじゃないか」

意味のわからない発言。

しかしさすがに、アッシュも慣れたらしい。ふわあ、と気楽にあくびをして、

「俺は盗賊だぜ? こんな時間にやることと言えば、盗みに決まってんだろ?」

「この屋敷には、きみが盗んで嬉《うれ》しいようなものは少ないはずだよ? それともまさか、シンシア嬢の下着でも盗ってきたというのかい?」

「んなわけあるか。お前みたいなのと一緒にするなっての」

「……おかしいな。ぼくがいつ、誰の下着を盗ったというんだい？」

「うるせぇよ下着ドロ怪盗。お前なら、いつやってもおかしくないだろ」

てきとうにあしらいつつ、盗んだ手帳を開く。

と、ノアがこちらに近づいて、興味深げに覗《のぞ》き込んできた。

「……なるほど。それ、シンシア嬢の日記帳だね？」

「まあな」

読み進めながら、相づちを打つ。

そう。アッシュが盗んだのは、シンシアの日記帳だ。

これからアッシュは、シンシアを惚《ほ》れさせて寝盗るという、はちゃめちゃな盗みを遂行しなければならない。それに役立ちそうな情報を得るためには、彼女のプライベートを知ることが手っ取り早いと判断したのだ。

「ふむ。これはある意味、下着よりも変態っぽいね？」

「どちらにせよ、お前には言われたくない」

アッシュはすっかり、ノアのことをそういう種類の人間だとして接している。事あるごとにアレなことを言ったり、いきなり抱きついてきたりと、妥当な評価だと思う。

「それで？　なにか、使えそうなことは書いてあったかな？」

「……ま、それなりにな」

どうやらマメな性格でもあるらしいシンシアは、ありがたいことに、日記帳にいろいろなことを綴《つづ》っていてくれた。誰と話したとか、何を食べたとか。そういう些細《ささい》なことから、婚約者……つまりはメビウス＝ファルルザーと式場の下見に行った、などという役立ちそうなことまで。ていねいで丸っぽい字体で、彼女の日常が記されていた。

その中でも、もっとも気になったのは、

「あいつ、貧民街で炊き出しなんざやってんのか……？」

さすがは〝優しすぎる変人〟だな、と思う。

ユースティス神聖王国にも、たしかに貧民街は存在する。実際、アッシュも盗賊として稼げるようになるまでは、そういう街を住み家としたものだ。

貧民街での暮らしは、過酷のひとことだ。今日の食事にありつくことに誰もが必死で、奪い合いのための争いごとは日常茶飯事。ただ衰弱していくのを待っているだけの住民も、決して少なくはなかった。

「だからって、炊き出しか……」

街へと向けた炊き出しは、やろうと思って簡単にできるようなことじゃない。コストも労力もバカにならないだろうし、なのに給料などの見返りがもらえるわけでもない。

しかしシンシアは、あろうことか、それを習慣化させているらしい。

……なるほど。〝優しすぎる変人〟というのも、伊達《だて》じゃないなと思わされる。

「それで？　その情報を、きみはどう使うつもりなのかな？」

と、ノアに問われる。どこか弾んだ言葉の調子だった。

「……炊き出しのほうは、どうでもいい」冷淡に答えて、「肝心なのは、あいつが貧民街に立ち寄ってるって事実のほうだ。このあたりの貧民街といえば、18番街だろ？」

「ふむ、つまり？」

「あそこには、赤艶草《あかつやぐさ》の群生地がある。……ここまで言えば、わかるだろ」

「うん。きみの考えが見えてきたよ」

ノアは怪しげに微笑《ほほえ》んで、

「赤艶草と言えば、惚れ薬の材料だね。つまりきみは、それを使うというわけだ」

「……はっ。悪いかよ？」

赤艶草は、採取も栽培も販売も規制されている、つまりは違法な植物だ。

それを調合して生み出した薬には、強烈な媚薬《びやく》の作用がある。

まあ……罪のない少女を相手に、違法な薬を使うというのは、さすがに少し後ろめたい気持ちもある。しかし盗賊とは、そういう卑怯《ひきょう》で姑息《こそく》な生き物なのだ。いまさら、手段など選んでいられない。

——そうだ。〝盗みの天才《ギフテッド・シーフ》〟であるアッシュに、失敗など許されない。

たとえそれが、少女を寝盗るという、ふざけたものだったとしても。

「なるほどね。たしかきみは、毒なんかの薬品の調合もできるんだったね？」

「文句なら受けつけないぞ？　そもそも俺とお前は、べつに仲間ってわけじゃねぇんだ。お前がなんと言おうと、俺は俺のやり方でやらせてもらう」

「文句なんて、言うはずがないじゃないか。まあ、清楚《せいそ》じゃないとは思うけどね」

だけど——と、ノアは続けて、

「清楚なのは、ぼくだけでいい。きみまで清楚だと、〝切り札《ジョーカー》〟の意味がないだろう？」

「……だから俺は、お前のモノになったわけじゃないんだが？」

「ふふ。これはね、ぼくの性癖みたいなものなんだ。ちょっとくらい、ぼくに譲ってくれてもいいだろう？」

「性癖って、お前なぁ……」

この少女はあいかわらず、よくわからないことを言う。

だからアッシュは深く考えず、ごろんとベッドに横たわった。沈むような感覚と清潔な

香りが、すぐに眠気を誘ってくる。……が、

「……おい。なぜこっちに来る」

「ベッドはひとつなんだよ？　なら、一緒に寝るしかないだろう？」

「くそっ……！　お、おい！　やめろ、勝手に上がってくるな‼」

「このくらい、べつにいいじゃないか。なにも、えっちをするわけじゃないんだし」

「よくねぇよ⁉　い、いいからあっちいってくれ‼」

「心外だね。こんなにもぼくは清楚なのに、なにを心配することがあるのかな？」

「どこが清楚なんだよっ、どこが‼」

激しい口論の末、なぜかアッシュもノアも床の上に寝転がり、ベッドはガラ空きになったのだが……ともあれ、そうしてアッシュは騒がしい一日を終えるのだった。

◇◇◇

翌朝、大広間にて。

アッシュたちは、朝食を載せたテーブルを囲っていた。

「ごめんね？　わたし、あんまり贅沢《ぜいたく》とかできなくて……」

申し訳なさそうに、シンシアはそう言った。

焼きたてのパンがひとつと、具のないスープという献立。たしかに王女の食事にしては貧相だが、そもそも朝食をとること自体が、一種の贅沢なのだ。もちろんアッシュは文句などつけずに、きっちり美味《おい》しく頂いていた。

「それにしても、本当に災難だったね。実家がなくなっちゃうなんて……」

と、シンシアに労《いた》わられる。

アッシュたちは現在、「家がなくなった」という演技により、この屋敷《やしき》に宿泊している。

しかし、もしそれが嘘《うそ》だとバレてしまえば、いろいろと台無しになってしまう。つまりはアッシュとノアには、その設定をどうにかして貫く必要がある。……のだが、

「べつに、このくらいの不幸、なんてことないさ」

隣のノアが、ごくりとパンを飲み込んで、

「ぼくとご主人さまは、これまで何度も試練を乗り越えてきたんだ。家を失うのだって、これがはじめてってわけじゃないよ」

「おぉ……なんか、かっこいいね……！」

目を輝かせて、感心するシンシア。

しかし、一方で……アッシュの額には、だらりと汗が流れていた。

「お、おい……」ノアに耳打ちする、「お前はどうしてそう、余計なことを言いたがるんだよ……？　もしバレたら、どうしてくれるつもりだ？」

「安心してくれていいよ？　これでもぼくは、演技に自信があるからね」

「……だからって、壮大な過去っぽい嘘とかつくか、普通？」

「まあそこは、ぼくの清楚な乙女心ってやつだね」

清楚な乙女心ときたか。うん、なるほど意味がわからない。

「ところで、シンシア嬢」

「うん？　どうしたの、ノアちゃん？」

「ぼくたちは今、きみの善意に甘えているわけだけど……いくらなんでも、無償でお世話になるというのは、ちょっと申し訳なくてね」

「ううん、気にしないでよ。ふたりの力になれてるってだけで、けっこう嬉しいし」

なんとも偽善めいた発言だが、〝優しすぎる変人〟である彼女に限っては、きっと本心からの言葉なのだろう。その声音には、そう思わせてくれるだけの優しさがあった。

「そうは言っても、ぼくたちの気が済まないんだよ。……だよね、ご主人さま？」

「え？　あ、あぁ……」

ご主人さま。甘美な響きのはずが、ノアにそう呼ばれると、謎の屈辱がある。なんというか、バカにされている気分になるのだ。

「ううん、そんなこと言われてもなあ……わたし、べつに見返りのために、きみたちを泊めたわけじゃないし……」

ちょん、と、ノアの肘につつかれる。

うまいことやれ、という合図のつもりだろう。雑だが。

「……なら、シンシア。こういうのはどうだ？」

ずずず、と、スープをすすりながら、

「お前、どっかで炊き出しをやってるんだろ？　お前さえ良ければ、それを俺たちに手伝わせてくれないか」

「……え？　なんで、それを」

「さっき厨房《ちゅうぼう》で見たんだよ。あれだけの量の料理なんて、炊き出しの準備としか考えられないだろ？」

嘘に、嘘を重ねる。

手伝いたい、というのは建前だ。その本当の狙いは、貧民街にある赤艶草の群生地を突き止めて、違法な惚れ薬を調合するべく採取すること。

厨房の料理から推測した、というのも嘘。昨晩、こっそり盗んだシンシアの日記帳から、炊き出しについての情報を盗み見しただけだ。

「はへぇ……きみ、すごく頭いいんだ」

まっすぐな、感心の瞳。

そこまで綺麗《きれい》な目を向けられると、さすがに罪悪感がある。

「まあ、だけど……うん。手伝ってくれるなら、すごく嬉《うれ》しいかも。わたしひとりだと、ちょっと大変だし」

「よし、なら成立だ」

残りのパンを口に入れる。うまい。

「あの量の料理を捌《さば》くんだ、あんまり時間もないんだろ？　出発はいつだ？」

「お昼前には出たいかなあ。ふたりはそれで大丈夫？」

「ぼくは問題ないよ」

ごちそうさま、とノアは呟《つぶや》いて、

「そうと決まれば、さっそく準備をしようか。厨房にある料理の鍋は、馬車にでも積み込めばいいのかな？」

「そうだけど……いいの？　けっこう重いよ？」

「もちろんだとも。ぼくとご主人さまを、ぜひ頼ってほしいんだ」

「そっか……うん、ありがと！　このお礼は、ぜったいするからね？」

ここで謝礼の話をするあたり、どこまでも奉仕の精神が身に染《し》みているのだろう。

たぶん彼女の善良さは、盗賊にとっては格好のエサだろうな……なんて、どうでもいいことを考える。

◇◇◇

馬車に揺られて、だいたい二時間後。

首都アーヴェラスの最西端に位置する、18番街。

その一角へと停車してすぐ、アッシュは最初に降車して、

「な……なんか、思ってたのと違うな……？」

その街の光景を前に、呆然《ぼうぜん》としていた。

見た目こそ悪いが、それでも整備と清掃の行き届いた石畳。

ずらりと立派に立ち並ぶ、石造りの一軒家。

そして何より、楽しげな会話を交わす、ちょっと衣服が汚れているだけの住民たち。

「俺の知ってる貧民街ってのは、もっとこう、鬱屈としてるはずなんだが……」

「まあ、たしかに異常な景色ではあるね」

と、ノアが隣で言ってくる。

「ここまで明るい空気で満ちた貧民街は、神聖王国では……いや、もしかしたら、ここが世界で唯一かもしれない。もはやこの18番街は、貧窮しているだけの普通の街、とでも言うべきかもしれないね」

「……広いんだな、世界は」

てきとうな呟きを返しておく。

すると馬車の中から、シンシアも遅れて降りてきて、

「……ごめんね。こんな遠くまで、ふたりを付き合わせちゃって」

シンシアが着ているのは、白い市民服。

これはおそらく、身分を隠すための変装なのだろう。……たしかに格好こそ平凡だが、艶やかな金色の髪と端整な顔立ちは、高貴な身分ですと自ら明かしているようなものだ。つまり彼女の変装は、たぶん無意味である。

「謝ることはないよ。手伝わせてほしいと言ったのは、ぼくたちのほうなんだから」

「そう？　そう言ってくれると、わたしも——」

などと、シンシアが言いかけて。

その鈴の音のような声は、途中で遮られた。

「――シンシアさまだ！　みんな、シンシアさまが来てくれたぞぉ！」

石造りの街並みに、爽やかな男の声が響く。

すると、その街の誰もが、こっちを――正確には、シンシアを一斉に見つめた。

そこから先は、いろいろと早かった。

まず最初に、穏やかだった街の空気が一変した。シンシアの姿を認めた住民たちが、それぞれ歓喜に声を震わせたのだ。何十人もの歓声が反響し、まるでこの18番街に女神が降り立ったかのような反応が起きていた。

その次に、住民たちがシンシアのそばへと駆け寄った。無数の住民たちが一気に押し寄せてくる光景は、ちょっとした戦争を連想させるほどの迫力だ。もはや恐怖心すら抱いたアッシュは、思わずシンシアから距離を取っていた。

「みんな、待たせてごめんね。お腹《なか》、すいちゃったかな？」

多くの民たちに囲まれながら、シンシアはちょっと照れくさそうに微笑《ほほえ》んで、

「いま、ご飯の準備をするからね。今日はシチューだよ」

と、そそくさと馬車の荷台へと戻り、料理の入った鍋を降ろしはじめた。

それをアッシュは呆然と見つめている……と、つん、と頬に感触。

「ほら、ご主人さま。ぼくたちも手伝おうか」

「……あ、あぁ。そうだな……」

生返事をしつつも、アッシュも荷下ろしに取りかかる。


数分のうちに、炊き出しの準備は整った。

横長のテーブルには、鍋、鍋、鍋。それらの中身は、どれもシチューであるらしい。

……アッシュたちの朝食は、パンをひとつと具なしのスープのみだった。もちろんそのことに不満を言うつもりなど微塵《みじん》もないが、せめてシンシア本人くらいは、このシチューを食べれば良かったのに、などと思う。

「アッシュくん。きみには、食器の回収をお願いしてもいいかな」

シンシアから任された役割は、それだった。

「わかった」と小さく返して、とりあえず遠方の石壁に腰を下ろす。そのまましばらく、ぼうっと街の景色を眺めることにした。

ちなみにノアは、シチューの再加熱を担当している。シンシアが笑顔で配膳をやっている裏で、じっくりと鍋を温めているのが見えた。

「……にしても、やっぱり見慣れないな」

景色そのものは、べつに珍しいものじゃないと思う。

しかしここが貧民街だという前提が入ってくると、話は変わる。シンシアの前に作られた行列は、少しも乱れることもなく、まして順番争いが起こることもない。……もし、ほかの貧民街で同様に炊き出しをやろうものなら、ちょっとした乱闘が頻発するだろうに。最悪の場合、死者が出てもおかしくない。

「これも、あの〝優しすぎる変人〟様の尽力あってこそってわけか」

この貧民街において、シンシア＝ユースティスという少女は、本物の女神さながらの扱いを受けていた。住民たちの誰もがシンシアを心から尊敬し、シンシアもまた、それに見合っただけの寵愛《ちょうあい》を住民たちに授けている。

そんな宗教じみた関係こそが、この貧民街の平和を保っているのだろう。

カテナ教などよりも、ずっと神聖で清らかだな……とか、そんなことを思った。

「…………」

遠く、シンシアのほうを見る。

太陽のように眩《まぶ》しい彼女の笑顔は、とても美しく輝いていて。

アッシュはこれから、そんな少女を、違法な薬で——。

「——余計なことは考えるな。俺は〝盗みの天才《ギフテッド・シーフ》〟だ、やると決めたらやるんだよ」

ぱちんと頬を叩《たた》き、頭を切り替える。

炊き出しの料理を食べ終えた住民たちが、ぽつぽつと見えるようになってきた。面倒だなと思いつつも、言われたとおりに食器の回収をはじめようと思う。

「ん？」

南東から、奇妙な足音を聞いた。

距離はかなり遠い。たぶんこの場では、アッシュにしか拾えなかった音だろうなと思えるほど、小さくて聞き取りにくい足音だった。

「……ま、どうでもいいか」

ふわあ、と、あくびをひとつ。

アッシュは立ち上がり、任された仕事をこなしに向かった。

結局、百人近くの人数を相手に、炊き出しを行った。

そのせいで時刻は、すでに夜を迎えていた。そしてもちろん、それだけの人数ぶんの食器を回収して歩き回ったアッシュの足は、しっかりと疲労に襲われている。

「おつかれ、ご主人さま。偉かったね？」

「……何がだよ、何が」

「最後まで働いてくれたことが、だよ。まさか、ここまでの労働になるとはね」

などと言うノアだったが、その表情には、いつもの微笑みが浮かんでいた。疲労感などちっとも見当たらない。

「とはいえ、あまり長くも休んでいられないんだよね？　きみにとっての本題は、これからなのだろう？」

「……言われなくとも、わかってるっての」

ここ18番街には、赤艶草《あかつやぐさ》の群生地がある。

その場所を突き止めて、惚《ほ》れ薬を調合する材料を集めることが、今日の目的だ。

「それなら、ぼくは時間稼ぎでも担当しようか？」

「いらねぇよ。お前の手を借りるつもりはない」

「……それは残念。まあそれなら、ぼくはぼくで、ちょっと仕事をしてこようかな」

と、住民たちとの会話を終えたシンシアが、こっちに駆け寄ってくる。

その手には、シチューの皿がふたつ。

「おつかれさま、アッシュくん。……ごめんね、大変だったよね」

「まあ、さすがにちょっと疲れた」

「だよね。これ、お礼ってわけじゃないけど、よかったらきみも食べてよ」

シチューを片方、シンシアから手渡される。

さすがに優しいな、と思う。疲労しきった身体《からだ》に、うまそうな香りが染みる。

「ノアちゃんもおつかれさま……って、あれ？　ノアちゃんは？」

「ん？　あいつなら、そこに……」

隣の、ノアのほうを見る。

が……その姿は、いつの間にやら消えていた。

彼女のミステリアス（というよりただの変人のような気もするが）なところには慣れてきたつもりだったが、これはさすがに驚いた。神出鬼没がひとの形をしたかのような少女だな、などと思う。

「どこか行っちゃったのかな。もしかして、馬車のほうとか？」

「……さあな。俺にもさっぱりだ」

「きみ、ノアちゃんのご主人さまなんでしょ？　心当たりとかないの？」

「ないから怖いんだよ、あいつは」

本音である。あの少女の行き先は、アッシュにはまるで見当もつかない。

「そっか……でも、困ったなぁ。ノアちゃんのぶんも残しておいたのに」

うーん、と、シンシアの小さな唸《うな》り声。

「んなもん、自分で食えばいいんじゃないのか？　お前だって何も食べてないんだろ？」

「ううん、わたしはいいよ。これだって、みんなのために作ったんだもん」

なんとも献身的な発言だが、かといって、褒められた行動でもないと思う。

自己犠牲というのは、必ずしも他人を幸せにするものじゃない。たとえば今、アッシュはうまそうなシチューを目の前にしながら、しかしおあずけを食らっている。もちろん勝手に食べてしまうこともできるのだが、同じく空腹であるはずの少女を差し置いて、もぐもぐとひとりで美味《おい》しく頂くというのはさすがに気まずい。だから、

「だけどあいつ、あんまりシチューとか好きじゃないぜ？　……たぶん」

さらりと、ひとつ嘘《うそ》をついた。

べつに、シンシアのためというわけじゃない。これはあくまで、アッシュが後腐れなくシチューに集中するための嘘だ。うん。

「……そうなの？　わたし、お節介だったかな？」

「そういうことだ。わかったら、冷める前に食べちまおうぜ」

「だったら、きみがどっちも食べてよ。男の子だし、いっぱい食べたいでしょ？」

う。思わぬ返答。

ここまで他人のことばかりだと、もはやちょっと面倒くさい。

「……いいから、自分で食っちまえって。お前だって食べ盛りだろ？」

「そうだけど……」シンシアは逡巡《しゅんじゅん》して、「……うん、そうだね。そこまで言ってくれるなら、ありがたくいただこうかな」

「ありがたくも何も、お前が作ったんだから、遠慮するほうがおかしいだろ……」

「あはは、それもそっか」

ようやくわかってくれたのか、シンシアは「いただきます」と手を合わせた。

シチューを口に含むと、彼女は幸せそうに頬を緩ませて、

「うん、おいしい！　わたしもちょっとは料理が上手《うま》くなったのかな」

「あれだけの量を作ってるんだ、嫌でも上達するんだろ、たぶん」

アッシュも皿を口もとまで運び、シチューを一口、

「……確かにうまいな、これ」

「よかった。いちおうきみのために、ちょっとだけ味を濃くしたんだよ？」

にへへ、という笑顔。

その笑顔に照らされて——ずきり、と罪悪感に胸が痛む。

アッシュはこれから、違法な薬を使って、彼女の心を操ろうとしている。その行為に対する躊躇《ためら》いはないと思い込んでいたが、どうやらそうでもないらしい。

けれど、だからといって、いまさら引き返すつもりもない。

このシチューを食べ終えたら、うまいこと場を離れる言い訳をして、赤艶草の群生地を探ろう……と、そんなことを考えていた直後、

「……あれ？　あの子、どうしたのかな？」

シンシアの目線が、少し動いた。

その先には、まだ七か八くらいの歳《とし》の、幼い子供がひとり。

「あの子、いつもお父さんと一緒にいるはずなのに……もしかして、迷子かな」

「迷子って……貧民街なんだから、捨て子とかの可能性も……」

が……すでにシンシアは、その子供の隣まで歩み寄っていた。

はあ、とアッシュはため息をつく。……ノアといいシンシアといい、美しい容姿の少女には、相手の話を最後まで聞けないような呪いでもかかっているのだろうか。

「きみ、どうしたの？　もしかして、迷子かな？」

と、前屈《まえかが》みの姿勢で、シンシアは子供に問いかけていた。

すると子供は、視線を伏せて立ち尽くしたまま、深々と頷《うなず》きを返す。

「……そっか。でも、大丈夫だよ。きみのお父さんは、わたしたちがぜったいに見つけてあげるからね」

わたし、たち……うん。まあ、そうなるか。

ぽん、とシンシアは子供の頭を撫《な》でると、すぐにアッシュのもとへと戻ってきて、

「……ねえ、アッシュくん。その……お願いがあるの」

予想どおりの言葉。

「あの子、やっぱり迷子みたいで……お願い！　あの子のお父さんのこと、わたしと一緒に探してくれないかな……？」

涙すら潤ませた、シンシアの上目遣い。

正直なところ、断りたい気持ちはあった。

だが……この少女の真摯な願いを見捨てられるほど、アッシュは非情になりきれない。

それに、ここで理由もなく断ってしまうのは不自然だなと判断して、

「……ま、こいつのお礼だ。やるだけ付き合ってやるよ」

残りのシチューを、急いで口の中にかきこんだ。

その濃厚な味わいを楽しむ間もなく、アッシュは夜の貧民街へと歩き出す。

「ほんと？　……ありがと、アッシュくん！」

にへへ、と、シンシアは笑った。

あまりにも眩《まぶ》しすぎて、直視のできない笑顔だった。

◇◇◇

「それで、探す場所に心当たりはあるのかよ」

隣を歩くシンシアへと、そう尋ねる。

ちなみにあの子供は、シンシアいわく「このひとならぜったい大丈夫！」という女性のもとに預けてきた。貧民街にて子供を他人に預けるなど、考えるだけでも恐ろしい事態になりそうなものだが……まあ、この街に限っては大丈夫なのだろう。

「うーん……まだ、このあたりを離れてはないと思うんだけど……」

「そもそも、その父親ってのは、お前の炊き出しには参加してたのか？」

「うん、それは間違いないよ。あのひと、今日もわたしに綺麗《きれい》だねって言ってくれたし」

それは……一児の父としてどうなのだろう。

しかしシンシアは、この街では女神のような存在として扱われている。信仰する神を褒めるのは自然な行いな気もするし、いやでも十七歳の少女を相手にそういう発言はあんまり良くない気もする。

「だけど……ちょっと、おかしいなって思うんだよね」

シンシアの顔に、暗い影がかかる。

「あのひと、すっごく子供想《おも》いで、ぜったいに目も離さないようなひとだったから。迷子になんてなったら、必死に探すと思うんだけど……」

きゅっ、とシンシアが唇を固く結んだ。

不安や焦燥。彼女の胸の中では、そういう類いの感情が走り回っているのだろう。

「もしかして……なにか、事件とかに巻き込まれてるんじゃないかなって。そう思うと、わたし、すごく心配で……」

「この街でも、そういう物騒なことは起こるのか？」

「ううん。わたしの知る限りだと、ぜんぜん……」

貧民街でありながら、それほどの平和を保てるとは。改めて、凄まじい街だなと思う。

（……あ。そういや、さっきの足音――）

炊き出しを行っている最中のことを、思い出す。

たしかアッシュは、奇妙な足音を聞いていた。

あのときは、ほとんど気にもしていなかったが――よく思い返してみると、アッシュにとっては馴染《なじ》み深い足音だった。

つまり——後ろ暗い人間に特有の、気配を消そうとする足音。

いま思えば、アッシュがあれを聞き取れたのは、あの歩行術に慣れ親しんでいるからなのだろう。気配を消そうとしている気配を、盗賊としての本能が感知したのだ。

「——シンシア。お前は、さっきのとこに戻っててくれ」

あの足音が、もし賊のものだとすると、事件だという線は一気に濃くなる。

そこにシンシアを連れていくのは、得策じゃないと判断。

「え、アッシュくんはどうするの？」

「あとで話す。いいから、お前は戻ってろ」

シンシアに背中を向ける。

記憶を辿《たど》って、あの足音が聞こえた方向へと、アッシュは駆け出した。


入り組んだ路地を抜けて、裏道に入る。

まるでひとの気配のしない、薄暗い石造りの路地裏。

漂う腐ったような悪臭と、ひび割れや欠けたあとの目立つ道や壁は、ここが貧民街なのだと少しだけ実感させてくれる。

「──やっぱり、思ったとおりだったか」

行き止まりの最奥《さいおう》にて、男がひとり、ロープで拘束されていた。

猿ぐつわを噛《か》まされた男の顔は、年甲斐《としがい》もなく涙でぐちゃぐちゃに腫れている。

そして、その隣。

二人組の男性が、ぎろりとアッシュを睨《にら》んでくる。

「……ア？　なんだよ、テメェ」

片方の男──髪を目立つ橙《だいだい》色に染めた、曲剣を手にしているほうだ──が、不快そうに顔をしかめた。

「オレ様たち、いま忙しいンだけど。見てわからないかなァ」

曲剣の男が、舌を打つ。

対するアッシュは、深く息を吐き出して、

「忙しいのは俺も同じだ。……悪いが、そっちの男に用があるんだよ。おとなしく渡してくれたりしないか？」

「はァ？　渡すわけねェだろ。なァ、兄弟？」

もうひとりの男──全身を銀の鎧《よろい》で覆い、斧《おの》を手にした屈強そうなほうだ──が、ぐっと重々しく無言で頷いた。鎧のせいか、寡黙な男であるらしい。

「お前ら、盗賊か？」

「なンだよ、だッたら何だッての？」

曲剣の男は、ぎろりと鋭い犬歯を覗《のぞ》かせて、

「オレ様はギギ。そンで、こッちの鎧はガニメデだ。……ケケッ！〝人狩りの兄弟〟ッてのはなァ、まさにオレ様たちのことよッ！」

「まさにも何も、聞いたことねぇけど……？」

アッシュは苦笑いを返して、

「てか、盗賊が人攫《ひとさら》いかよ。儲《もう》かるのか、それ」

「そりゃ儲かるッての。オレ様たちはなァ、誘拐専門の盗賊なンだよ！人間を盗《と》ッて、奴隷商に売り飛ばして稼いでンの！」

「ふうん……じゃあまあ、いちおうは同業者ってことか」

そう言って、アッシュは腰からナイフを取り出した。

軽薄そうに見える——が、この二人組の盗賊は、おそらくそれなりの実力者だ。彼らの重心や目線の動きは、アッシュを警戒しながら、なおかつそれをこちらに悟らせないよう気を配ったものだ。その手慣れた動きは、彼らが場数を踏んでいる証《あかし》である。

「……なンだよ。オレ様たちとやる気か、黒灰髪のガキ？」

「見りゃわかるだろ。──やろうぜ、格の違いを見せてやるよ」

くいくいと手を招くように、挑発をひとつ。

曲剣の男──ギギだったか──が、独特ながらに洗練された構えをとった。その隣の鎧の男──ガニメデだ──もまた、大きく斧をふりかざした。

そして、アッシュもまた、応戦の姿勢を取ろうとして──、

「──あ、いた！　アッシュくん、こんなところに！」


鈴の音のような声が、りんと響く。

アッシュの戦意は、そこで食い止められる。

ため息をつき、声のほうへと振り向いて、

「……シンシア。お前、どうして来やがった？」

肩で息をつく少女──シンシアに、尖《とが》らせた視線を送る。

「だ、だって！　きみがいきなり、わたしを置いて……」

少女の言葉は、そこで止まった。

ようやく状況を理解したのだろう。その表情が、青ざめる。

「……え？　なに、してるの……？」

「いいから、お前は下がってろ」

とっとと終わらせてしまおうと考えていたアッシュだったが、こうなってしまっては、

それも難しい。シンシアを守りながら戦うという、余計な苦労が増えてしまった。

と——じゅるり、とギギが舌なめずりをした。

「……へェ。その女、やけに上玉だなァ？」

その舐《な》めるような視線に当てられて、シンシアの表情が恐怖に歪《ゆが》む。

「……え？　な、なに……？」

「ケケッ。こりゃあ、オレ様たちは運がいい。こンな男よりも、こッちの上玉の女のほうが、ずッと高く売れるじゃねェか」

一歩、曲剣の男が、足を踏んだ。

「それに……ケケケッ。オレ様たちだッて、愉《たの》しめるしなァ？」

さらに一歩、男が迫る。

シンシアは足を竦《すく》ませて、後退《あとずさ》る。

「……や、やめて。こっちに、こないで……」

震える少女を庇《かば》うように、アッシュは前へと出て、

「だから俺は、戻ってろって言ったんだ。こいつらは盗賊だ、お前みたいなのが捕まったら、そりゃもうロクな目には遭わないぞ」

「盗、賊……？」

「そうだ。だからお前は、さっさと逃げるなりしてくれ」

「……きみは、どうするの？」

「そりゃ、戦うんだよ」

手の中のナイフを、シンシアに見せつけて、

「俺はな、〝盗《ギ》……」みの天才《フテッドシーフ》〟と言いかけて、「ええと、けっこう戦闘には自信があるんだ。だから、さくっとこいつらを倒して、あのガキの父親を助けてやる」

「そんなの、危ないよ……っ！」

意気込むような言葉。

なんとなく、面倒なことになりそうな予感がする。

「なァ。仲良く喋《しゃべ》ッてるとこ悪《わり》ィけどさァ、そろそろオレ様も交ぜてくンないかなァ？」

曲剣の男は、アッシュを流し見て、

「おい、黒灰髪のガキ。テメェ、この男に用があるッて話だッたよなァ？」

「だったらなんだ。まさか、引き渡してくれる気にでもなったのかよ？」

「ケケ。あァ、いいぜ。ただし――」

悪趣味な視線が、シンシアへと向けられる。

「――そッちの女を寄越せ。それが条件だ」

まあ、そんなところだろうとは思っていた。

このギギという盗賊は、シンシアの整った顔や白い肌、稜線《りょうせん》を描く身体《からだ》つきを、さっきから何度も好色そうな目で見ている。何を考えているのかなど、想像に容易《たやす》い。

「……交渉決裂だ。続きをやろうぜ、クソエロ盗賊」

応じてやるわけもなく、ふたたびアッシュは姿勢を低くした。

だが……、

「……わたし、が」

凛々《りり》しくも、苦しげな少女の声。

ぎゅっと、シンシアの握り拳が固められる。

「わたしが、あなたたちの言うとおりにすれば……そのひとは、ちゃんと解放してくれるんですか？」

「ケケケッ。あァ、盗賊に二言はねェぜ？」

「っ、なら……わたしは、どうなってもいい、です。だから……ふたりにだけは、ぜったいに手を出さないで……っ！」

シンシアの瞳には、凛然《りんぜん》とした決意が浮かんでいた。

誰かを助けるためなら、自分はどうなろうと構わない――そんな彼女の優しすぎる性格が、その覚悟を後押ししてしまったのだろう。

「ケケケッ！　いい判断だぜ、金髪の女ァ？」

なんとも愉快そうに、曲剣の男は笑みを浮かべた。

「だが……まずは、お前がちゃんと服従したのか、確かめさせてもらうぜェ？」

すると、曲剣の男はシンシアを指さして、

「――脱げ。そしたら、この男は解放してやるぜ」

「…………っ」

さすがのシンシアも、動揺を隠せなかったらしい。

瞳の中の覚悟が、うるりと揺らぐ。だが、

「……、わかり、ました」

桜色の唇を噛みしめて、シンシアは俯《うつむ》いた。

その細い手を小刻みに震わせながら、市民服のスカートに手をかける。

やがて少女の白く健康的な素肌が、じっくりと晒《さら》されそうになったところで、

「……いやいや。バカすぎるだろ、お前……？」

ぺちん、と。

アッシュの手が、シンシアの頭をひっぱたく。

「あいたっ⁉」

と、シンシアの悲鳴。

傍観していたアッシュだったが、いくらなんでもこれ以上は看過できない。いちおうは王女であるこの少女が脱ぐところなど、そう簡単に見せるわけにはいかないし、アッシュとしても見ちゃまずいだろうなと思っている。

「な、なんで叩《たた》くの……？」

「なんでもクソもあるかよ。むしろお前こそ、なんでそこまでバカなんだよ」

シンシアの白い頬を――そっと、一滴の涙が落ちる。

彼女は優しい。だが、べつに強いわけじゃない。他人のために尽くしたいと思っても、心を襲う恐怖には勝てないだろうに。

まあ、それを堪えてまで自己犠牲を果たせるからこそ、彼女は〝優しすぎる変人〟なのだろうけれど。

「……バカでもいい。きみたちを、助けられるなら」

「そもそも。その勘定からして、お前はバカ丸出しなんだよ」

「え？」

「覚えとけ。お前に助けられなきゃいけないほど、この俺は弱くねぇんだよ」

アッシュは、二人組の男へと向き直る。

表情のわからない鎧《よろい》の男はともかく、曲剣の男のほうは、あからさまに苛立《いらだ》ちを募らせていた。そしてその苛立ちの矛先は、当然、邪魔をしたアッシュに向けられる。

「あァあ。オレ様ァもう、完全にキレちまッたよ。せッかく愉しくなれそうだッたのによォ、そッちのクソガキのせいで台無しだぜ」

「はっ。そりゃ悪かったな」

鼻で笑う。

こんな状況ではあるけれど、アッシュの気分は、存外と悪いものじゃなかった。

それに、せっかくだ——この際、全力で楽しませてもらおうと思う。

「俺は俺で、お前らみたいに楽しいことがしたいんだよ。お前らも同じ盗賊なら、つねに楽しく生きてたいって気持ち、わかってくれるだろ？」

「……え？　とう、ぞく……？」

シンシアに勘付かれる——が、いまは放っておく。

あとで誤魔化す方法はいくらでもあるはずだと、未来の自分に丸投げする。

「なンだよ。テメェも交ざりたかッたッて話か?」

「誰がだよ、盗賊の恥さらしどもが」吐き捨てて、「そもそもなんだよ、人身売買って。お前らも盗賊なら盗賊らしく、お宝だけ狙って盗んどけってんだ」

勝手に舌が回る。

ついでに、ずっと発散したかった感情が、言葉となって溢《あふ》れてくる。

「それに——あの自称・清楚《せいそ》怪盗だってそうだ。なぁにが、お宝を寝盗《と》れだよ。屁理屈《へりくつ》にもほどがあるってんだよ、なぁ?」

脳内にて、銀髪の少女が楽しげに微笑《ほほえ》みかけてきた。

ムカついて、さらにアッシュは舌を回す。

「あぁ……そうだ。俺はずっと、あいつに腹が立ってたんだよ。俺を噴水に突き落としたり、風呂《ふろ》に入って身体を洗ってきやがったり……なのにあいつは、いつだって飄々《ひょうひょう》としてやがる。これじゃあまるで、俺があいつに振り回されてるみたいじゃねぇか」

「……何の話だ、ガキ」

「だから、ちょうど目の前にストレス発散ができる雑魚《ざこ》どもが居て、俺は嬉《うれ》しいんだ」

高揚感のままに、言い放ってやる。

それから——にやり、と不敵に笑って、

「同業者の相手は嫌いじゃないぜ？　なんたって、格の違いを実感できるからなぁ」

「……テメェ。どうやら、殺されてェみたいだなァ」

「やれるもんなら、やってみやがれ。だが——」

ぐらり、と。

アッシュは、わざと姿勢を大きく崩して——、

「——この俺は、〝盗みの天才《ギフテッド・シーフ》〟だぜ？」

同時。

手にしていたナイフを、正面へと投擲《とうてき》する。

「チィ——!?」

ギギは忌々《いまいま》しそうに舌を打ちつつ、曲剣を振るってナイフを叩き落とした。

だが。

その直後にはもう、アッシュはギギの背後に迫っている。

「まずは、お前からだ」

この曲剣の男は、ああ見えて、つねにアッシュの一挙一動を警戒していた。

そこでアッシュは、大きく姿勢を崩すだけという、一見すると意味のわからない行動を選んだ。警戒心の強いこの男は、そんなアッシュの動きからも意味を見出《みいだ》そうと警戒し、全力で思考を回してくれたのだろう。

そこに不意打ちとして、ナイフを投擲した。

意味不明の行動で動揺を誘ったうえで、さらに予測外の攻撃で突く――そうして生まれた致命的な隙を狙うことが、アッシュの策だった。

「クソ、このガキィ――」

ギギが振り向こうとするが、強引に向きを切り返そうとしたその体勢では、重心の軸が定まっていない。

その軸足を払うように、アッシュは蹴りを仕掛けた。

ただでさえ重心の軸がブレていた男は、いとも簡単に足もとを崩す。

ずさ……という音。

ギギは受け身すら取れずに、頭から思いきり倒れ伏せた。そしてアッシュは、

「――あんたの曲剣は、この俺が頂戴するぜ?」

ギギが転ぶと同時に、曲剣を盗んでみせる。

その柄をアッシュは握りしめて、ふたたび正面へと向き直った。

ガシン、ガシン……と音を鳴らして、鎧の男が突進を仕掛けてくるのを見据える。

アッシュは、にやりと悪趣味な笑顔を見せつけて、

「――止まれ。あんたの仲間が、どうなっても知らないぜ？」

足もとに転がるギギの背中を、強く踏みつけてみせる。

ぐえぇっ、という小さな悲鳴。

同時に、仲間想《おも》いでもあるらしい鎧の男の足が、唐突に停止した。

そしてもちろん、その大きすぎる隙を、アッシュは逃さない。

「よいしょ、っと――」

腰もとに常備してあるワイヤーを曲剣にくくりつけ、即座に投げつける。

遠心力を働かせながら放たれたそれは、ぐるぐると円を描き、鎧の男に絡《から》みついた。

「おらッ、転べ！」

ワイヤーを手前に強く引っ張って、鎧の男の姿勢を崩す。

ズシン――という重厚な音と、わずかな地響き。

鎧の男の動きは、そこで完全に静止する。

「おいおい、こんなもんかよ。あんたら……ええと、〝エロ兄弟〟だったっけ？　あれだ

け威勢があったってのに、実力のほうは伴ってないみたいだなぁ？」

「チィッ、このクソガキィ――」

足もとの、かつて曲剣の持ち主だった男が、立ち上がろうとした。

その背中を、アッシュはさらに踏んづけてやる。

「――ぐふッ⁉」

ギギの胃から、空気が吐き出される音。

「クソッたれ……テメェ、いッたい何もンだよ……ッ！」

アッシュの右足の下敷きになりながらも、ギギがそんな台詞《せりふ》を吐いてきた。

「ククク……いいぜ、答えてやるよ――」

にやり、と笑う。

スカッとさせてくれたお礼だ、せめて答えてやろうと思う。

「――この俺は、〝盗みの天才《ギフテッド・シーフ》〟だ。相手が悪かったな、非天才の同業者ども？」

はっ、と笑ってみせて、

「……ま、あれだ。俺はべつに、お前らをどうこうしようってつもりはない。いちおうは同業者なんだ、騎士どもに引き渡そうなんざ考えてねぇよ」

なんとも気分のいい戦闘だったが、それもここまでだ。

アッシュは、拘束された男――あの子供の父親だ――のほうへと目線を送って、

「シンシア。あとは頼めるか？」

「え？　……わ、わたし？」

どういうわけか、シンシアはぼうっと突っ立っていた。

どことなく顔が赤い。もしかして……この盗賊たちに脅されたときの羞恥が、いまさらになって襲ってきているのだろうか。その真意はわからない。

「見てのとおり、俺はこいつを踏んづけるので手が……ってよりかは、足がいっぱいだ。そっちのおっさんは、お前が助けてやれ」

「う、うん。わかった……」

シンシアは頷《うなず》くと、すぐに拘束されている男のほうへと駆け寄った。耳が赤く染まっていたり、どこかぎこちない足取りだったのは、どういうことだろうかと思う。

やがてシンシアは、男の猿ぐつわを取り外して、ロープの拘束をほどき、

「はい、これでもう大丈夫です。……怖かったですよね、一緒に帰りましょう」

「………………」

男はよほど消耗しているのか、何も反応を示さない。

と――足もとのギギが、怪しげに笑みをこぼした。

「……ケケッ。正直、テメェには驚かされたぜ。テメェみたいなクソガキひとりに、オレ様たち兄弟が、まさか手も足も出ないとはなァ？」

「……なんだよ、何が言いたい？」

不気味な感覚が、アッシュの脳内に巡る。

まさか——何かを、見落としているのか？

「だがな、黒灰髪のガキ。テメェは盗賊としては一流なのかもしれねェが——どうやら、人間の使い方ッてのを、わかッてねェみたいだなァ？」

「……おい。お前、何を狙ってる？」

「やッぱりな。テメェみたいな一匹狼《いっぴきおおかみ》にャあ、オレ様のやり方は見抜けねェよ——」

瞬間——視界の隅に、きらりと鋭いナイフが閃《ひらめ》いた。

そのナイフは、たどたどしい動きで、しかし確実な殺意が込められていた。

そして。

標的となった金色の髪の少女は、呆然《ぼうぜん》とするしかない。

「——へ？」

少女の肌に、ナイフが迫る。
殺意の主は——シンシアがいま助けたばかりの、あの子供の父親だった。
顔いっぱいに悔しげな涙を流しながら、それでも男の殺意は、止まらない。
そして、そんな光景を視界に認めたアッシュは、
(——何やってんだよ、俺は？)
どういうわけか、地を蹴っていた。
間に合わないのは明白だった。盗賊としての経験が、もう手遅れだと訴えていた。
あの少女は救えないと、頭ではわかっているつもりだった。
なのに、アッシュの身体《からだ》は、勝手に動いていた。
(あぁ——こんな醜態を晒《さら》しといて、どこが〝盗みの天才《ギフテッド・シーフ》〟だ)
どれだけ駆けたところで、あのナイフは止められない。
だから——アッシュは、空中へと身体を投げ出した。
少女の身体を、かろうじて突き飛ばす。
同時。
右腕に、焼けるような激痛。
「ッ……、クソが‼」

幸いだったのは、この男が他者を傷つけ慣れていなかったのだろうということ。突き刺してきたナイフにはたいした力が込められていなかった。だからこの右腕も、血が流れるだけの軽症で済んだ。

アッシュの身体は、まだ動く。

空中で姿勢を立て直して、片足を地面に滑らせるようにして着地。そのまままもう片方の足で、男のナイフを蹴り上げる。

直後に、視線を背後へと飛ばした。曲剣の男は立ち上がり、鎧《よろい》の男からワイヤーを外し終えていた。そして両者ともが武器を手に取り、醜悪な笑みをこちらに向けてくる。

——仕方がないな、と思う。

もはや手段は選んでいられないし、策を練れるほどの冷静さもない。

外套《がいとう》の内側から、ひとつの宝石を取り出した。

右手の手袋に、その宝石を、かちりと嵌《は》める。

宝石の色は、凍《い》てつくような青。

かつて、どこかの誰かから盗んだそれの名は——『ヒューヴェルの紋章石』。

「——《ヒューヴェルの紋章よ、その咆吼《ほうこう》を凍土に轟《とどろ》かせ、いざ絶対なる氷界を》‼」

詠唱を、する。

アッシュの右腕が、青白い竜の頭へと変貌する。

その威容に満ちた顎《あぎと》が、巨大なる牙を窺《うかが》わせて――、

世界が、白に染まった。


前方を埋め尽くすように吐き出された紋章魔術【ヒューヴェルの氷界】は、アッシュの視界のすべてを冷酷に凍て尽かせた。石壁はすぐさま氷壁へと塗り変わり、薄暗い路地もまた、美しき氷の床へと上書きされる。

そして、もちろん。

二人組の盗賊もまた、物言わぬ氷塊へと変わり果てる。

「……ハッ。この俺に喧嘩《けんか》を売った罰だと思いやがれ」

役目を果たした竜の頭が、ただの右腕に姿を戻した。

痛々しい傷跡からは、鮮血が流れ続けている。

「っ、……」

ずきり、と頭が痛む。

目眩《めまい》とともに訪れたそれは、典型的な魔力切れの症状だ。アッシュが【略奪の一手《スペル・クラッチ》】で奪《と》い盗った魔術の使用には、発動に甚大《じんだい》な魔力と体力を消費する。

しかも今回は、負傷のせいで魔力をうまく制御できなかった。どうやら、たったの一発で魔力を使い果たしてしまったらしい。

視界が揺れる。世界があやふやになっていく。

その中心で、金髪の少女が、泣いている。

遅れて、なんとなくあったかい感触に包まれる。

「――アッシュくん！　ねえ、アッシュくんってば！」

名前を叫ばれているような気がする。気がするだけかもしれない。

頭が重い。起きているのがしんどい。

目を、閉じる。

ぽたぽたと湿った何かが落ちてきたような気もするが、そのころにはもう、アッシュの意識は闇の中だった。

4章　悪夢

幼い子供が、走っている。

ぼろぼろの外套を、その身に纏《まと》いながら。

その子供は、ひたすらに息を切らせて、泥臭い路地を駆けていた。

薄汚れた黒灰色の髪が、風になびく。

（あぁ……やっぱり、またこの夢か）

魔力切れを起こした日には、いつも決まって同じ夢を見せられる。

これは――アッシュの、幼いころの記憶だった。

メビウスの道具として利用されていたころの、憎き記憶。

「はぁ……はぁ……、ッ！」

夢の中の幼い自分が、細く狭い路地へと逃げ込んだ。荒い呼吸を両手で抑えつけて、その場にしゃがみ込む。

大人たちの走る音が、どたどたと過ぎ去っていく。

気配が遠くに去ったことを確認してから、外套から、小さな宝石を取り出して、

「……ははっ。やった、うまく盗めた……っ！」

細かい傷の目立つ顔が、笑いの形になる。

あのときの自分は、たぶん、心の底から笑っていたのだと思う。

「これをメビウスに渡せば、あいつは――」

やめろ、と言いたかった。

だけどもちろん、この夢の傍観者であるアッシュには、何もできない。

「……もう少しだけ、我慢しててくれ。お前は、この俺が――」

世界が、ぐらりと揺れる。

視界のすべてが、真っ黒に歪《ゆが》んでいく。

そして、アッシュは――。

◇◇◇

目が、覚める。

ぐっしょりと濡《ぬ》れた冷や汗に嫌気が差しつつも、そっとまぶたを開けて、
吐息。

遅れて、甘く柔らかい感触が、唇に触れる。

「……ん、っ」

どこか艶っぽい、声。

頭と口の中が、ぐしゃぐしゃに掻《か》き混ぜられる。

ぼんやりとした視界の中で、淡く美しい金色の髪が、きらりと輝いていた。

「ふ、ぁ……」

甘い感触が、唾液とともに離れていく。

射《さ》し込む月の光が、少女の綺麗《きれい》な顔立ちを照らす。

その翠《みどり》色の瞳と、ぴったり目線が重なって、

「……へ？　もしかして……きみ、起きてたの？」

沈黙。

アッシュはようやく、何が起きたのかを考える——けれど、頭が痛い。身体がだるい。

うまく思考が回らない。だから深い事情を考えることもできずに、短絡的に思ったことを、そのまま口にするしかなかった。

「……なあ、シンシア」

とりあえず、その少女の名前を呼んで、

「お前……いま俺に、キスしてなかったか？」

ありのままに、思ったことを話す。

すると金色の髪の少女は、顔を真っ赤に染めながら、てらりと濡れた唇を開いて、

「そ――そうだけど、そうじゃないし!?」

返ってきたのは、意味のわからない叫び声だった。


「――いい、もう一度説明するからね!?」

と、顔を真っ赤に染めながら、シンシアは「んっ」と咳払《せきばら》いをして、

「……きみはわたしを庇《かば》って、腕を刺されちゃったでしょ？　その傷は塞げたんだけど、あのナイフには、毒が塗ってあったの」

何度目かの説明。

いわく、アッシュは毒に侵された。

そのせいで発熱が止まらず、ほとんど丸一日ずっと眠り続けていたらしい。

「だから、きみに解毒《げどく》の魔術を使ってあげたかったんだけど……わたし、あんまり魔術が得意じゃなくて。自分の毒しか、治せないんだ」

シンシアは、ちょっとした治癒魔術を扱えるという話だった。

光魔術【ポイズン・ヒール】。毒への耐性をつける魔術……だが、魔術の才能に恵まれなかった彼女では、自分の毒しか治せないのだとか。

「でも、わたしの魔術って……その、た、体液を通せば他人にも付与できるみたいでね。だから、その、きみに……く、口移ししたってこと。だからさっきのはね、治療のためには仕方のないことだったの。──どう、わかってくれた?」

それとね、とシンシアは言葉を繋《つな》いで、

「あのひと、盗賊に脅されてたんだって。毒の塗られたナイフを渡されながら、『自分の拘束がもし解かれたら、目の前の人間を刺せ。そうしなければ、お前の子供の命はない』……って、そう言われてたみたい」

「そりゃ……極悪だな」

やってくれたな、と思う。

とはいえ、その仕返しとしては過剰なほどの制裁を加えたはずだ。もちろん許してやるつもりはないが、本当に恨むべきは、自分自身の落ち度だろう。

あのとき、ギギという盗賊は、アッシュに対して「人間の使い方が未熟」だと話した。

……悔しいが、反論の余地はない。姑息《こそく》で卑怯《ひきょう》な盗賊ならば、あらゆるものを利用すべきだ。それは人質だって例外じゃない。

しかし……孤独を貫いてきたアッシュは、その考えに至れなかった。

技術、実力、特異性。あらゆる面で勝っていると踏んでいたが、人間との連携や利用という一点だけは、明らかに劣っていた。そのせいで、隙を突かれたというわけだ。

「……どうしたの？　顔、怖いことになってるよ？」

シンシアの、心配の声。

「いや……悪い。なんでもない」

「……そっか。なら、話を続けるね」

今度は、明るい声。

アッシュを安心させようとしての声音だと、すぐにわかった。本当に、どこまでも優しい少女なのだなと、つくづく思う。

「きみの身体《からだ》に毒耐性が付与されるのに、ちょっとだけ時間はかかるかもだけど……でも、もう大丈夫だからね？　明日いっぱいくらいは効果が続くと思うから、もし間違えて毒瓶を飲んじゃったりしても、へっちゃらだよ?」

「飲むかよ、そんなもん……」

「う……それも、そっか」

と言うと、少女はそっぽを向いてしまう。

その頬には、どこか艶っぽい朱の色が差していた。

ここまで露骨に恥ずかしそうにされてしまうと、こっちだって意識してしまう。治療だから仕方ないのだと言ったのは、どこの誰だったやら。

「なら……お前も、部屋に戻れよ」

この空気が気まずくて、アッシュはそんな言葉をかけた。

しかしシンシアから返ってきたのは、予想外の反応。

「……あのさ。きみはどうして、あのとき、わたしを置いていったの?」

それは、いつの話だろう。

思い返そうとしても、頭痛に阻《はば》まれる。

「きみ、あの子のお父さんが盗賊に捕まってるかもって、気づいたんでしょ? なら、どうしてそれを、わたしに教えてくれなかったの?」

不思議な声音。

優しい感じがするのに、その一方で、どこか拗《す》ねているようにも聞こえる。

「……お前を連れていっても、邪魔なだけだ。だから、俺ひとりで行ったんだよ」

「それは……そうかも、だけど」

金色の髪が、さらさらと左右に揺れる。

「たしかにわたしじゃ、あの盗賊とは戦えないよ？ ……でもね、きみの力にはなれたんじゃないかって思うんだ。たとえば、王国の騎士を呼んだりすれば、きみひとりを危険な目に合わせることもなかった」

「……はっ。誰が、騎士なんざに頼るかよ」

「じゃあ……どうして、なのかな」

少女の声色が、変わった。

何かを堪《こら》えるような、震えた声。

「どうして――わたしのことは、頼ってくれなかったの？」

それは。

「……俺は、」

頭がぼんやりとする。

喋《しゃべ》っていいことと、喋るべきではないことの境界が、ちぐはぐになる。

「俺はもう、誰のことも信頼しないんだ。お前も……あいつだって、例外じゃない」

「……どうして？」

「そう決めたんだよ。俺は、俺ひとりの力で、生きていくんだって」

強さが、必要だった。

ひとりで生きていけるだけの、強い力が。

それに——あんな想《おも》いをするのは、もう、嫌だ。

「そっか」

またしても、少女の声色が移り変わる。

にへへ、と。シンシアは、慈愛に満ちた笑顔を見せて、

「——きみは、誰かを頼るのが、怖いんだね？」

頭が、痛んだ。

熱のせいなのか、それとも別の原因があるのか、アッシュにはわからない。

んしょ、とシンシアの立ち上がったらしい声が聞こえる。

「……うるさい。お前に、俺の何がわかるんだよ……」

かろうじて声にできたのは、むなしい反抗の言葉。

情けなくて、視線を逸《そ》らす。

もぞもと、と、布団《ふとん》の中に何かが潜り込んでくるような感覚。

「ううん、わかるよ？　だって、きみの顔に、そう書いてあるんだもん」

「ッ、だから、俺は――」

ふと、声を荒らげようとして、気づく。

ベッドの中が、やけにあったかい。おまけに、花畑のような甘い香りがする。

不思議に感じて、逸らしていた視線を戻してみる。

シンシアの可憐な顔が、やけに近い。

「……おい。お前、何してんだ……？」

「ん、見てわからない？」

息のかかる距離。シンシアが聞き返してくる。

「……わからないから聞いてるんだよ、俺は」

「じゃあ、教えてあげるね？」

ぐい、と後頭部に手を回される。

そのまま、ぎゅっと頭を胸もとに抱き寄せられた。

むに、という沈むような感触。同時に、とても甘い香りが脳天まで届く。

「こういうの、添い寝って言うんだって」

どこか悪戯《いたずら》っぽく、シンシアは囁《ささや》く。

ぎゅっ、と、さらに強く抱きしめられる。

アッシュは何か反論をしようとしたが、もごもごと発声することしかできない。呼吸がちょっと難しくなる。息苦しい。

「こら、くすぐったい」

だったらこんなことするな、と言おうとした。

「——きみはさ。もっと、ひとに甘えてもいいんだよ？」

優しい手つきで、よしよしと頭を撫《な》でられる。

「きっときみは、たくさん辛《つら》い想いをしたんだよね？　いっぱい苦しんで、いっぱい必死になって……いまもきっと、すごく辛いものを抱えてるのに、ひとりで頑張ってるんだと思うの。でも、でもね？　……たまには、休むことだって大切だよ？」

とくん、とくん、と。

少女の心臓が、穏やかな音色を奏《かな》でている。

「だからさ。今日くらい、わたしに甘えてほしいな」

吐息が、アッシュの耳をくすぐる。

この体勢の気恥ずかしさを、改めて実感する。

ばしばしと布団の上を叩《たた》いて、緩めてくれと訴える。

「あ……ごめん、苦しかった？」

シンシアの抱擁が、少しだけ緩む。胸もとからは解放される。

しかし、後頭部には手を添えられたままだ。至近距離で見つめ合う体勢は変わらない。

こうして間近に顔と顔が迫った状態では、むしろさっきより気恥ずかしい。

少女の美しい瞳や艶やかな唇に、意識を持っていかれそうになる。

「……お前は、さ」

シンシアは、〝優しすぎる変人〟だ。

こうしてアッシュを抱きしめているのも、たぶん、彼女なりの優しさなのだろう。

「どうしてお前は、ここまで他人を気遣うんだよ」

「む。そういうこと言うなら、やっぱり離さない」

「なん……でっ⁉」

視界が揺れる。

むぎゅう。またしても胸もとに抱き寄せられる。

ふんわりとした膨らみの感触は、とにかく心地がいいものだった。あったかくて、甘い香りがして、すべすべとしていて、やわらかくて。人肌というやつは、こんなにも気持ちがいいものなのか。

「他人とか、さみしいこと言わないでよ。わたしはきみのこと、大切に思ってるんだよ」

それは、なんというか。

この少女らしい言葉だなと、そう思う。

「……よしよし。今まで、たくさん頑張ったね」

不思議な感覚。

胸のずっと奥へと、沁《し》みていくような。

「だけどさ。これからは、みんなで一緒に頑張ってみよう？　わたしも、ノアちゃんも、ずっときみの味方でいるよ？」

ノア。

あの銀髪の少女が、味方——なんて、わけがない。

あれは……そう、敵だ。〝盗みの天才《ギフテッド・シーフ》〟である自分にとっての、忌々《いまいま》しき敵。

いまはただ、一時的に利用しやってるだけ。

……そうだ。あいつは、敵に決まってるんだ。

でなければ。そう思い込まなければ、アッシュは、また——。

「それに……ノアちゃん、泣いてたんだよ？」

——は？

「もしきみに何かあったら、ぜんぶ自分がわがままを言ったせいだって。きみのことを心配して、わたしに隠れて泣いてたの」

「……そんなの、」

シンシアの胸の中で、声を震わせる。

「嘘《うそ》に、決まってる」

「ううん、嘘じゃないよ？」

「お前がじゃない。あいつの涙が、嘘なんだ」

きっと彼女なら、涙すらも嘘によって操れる。

まして、アッシュを心配して——など、ありえるわけがない。

ありえては、ならないのだ。

「じゃなきゃ……俺に、どうしろって言うんだよ……」

いよいよ、まるで頭が働かなくなってくる。

ぼうっとする。ずきずきと頭が痛む。考えることがめちゃくちゃで、自分のことがわからなくなる。いま自分は何を求めているのか。わからない。考える。また頭が痛む。

「……もう、」

声。

勝手に、声が漏れる。

「俺は、もう……何も、失いたくないんだよ……」

「……そっか。でも、大丈夫だよ？」

少女の優しい手に、背中を心地よく撫でられる。

「わたしは、ずっときみのそばにいるよ。いなくなったりなんてしないよ？」

ぎゅっと、温かい抱擁。

「だからさ。いまはちょっとだけ、一緒に休もう？」

休む。そうすべきなのだろうか。

わからない。わからないけれど、疲れているのはわかる。だったらたぶん、休むべきなのだ。このまま目を瞑《つぶ》って、ふたたび眠るべきなのだ。

「あ……でも、最後にこれだけ言わせてほしいな」

まぶたを閉じる。

暗闇に、意識が沈んでいく。

「――ありがと。わたしを、助けてくれて」

最後に、そんな声を聞いた。

頬のあたりに、湿っぽくて優しい何かが押しつけられた気もしたけれど――もう、その正体を確かめることはできなかった。

――結局、アッシュは最後まで気づけなかった。

少女の心臓が、ばくばくとうるさく鳴り続けていることに。

その赤らんだ頬が、どうしようもないくらいに熱くなっていたことに。

「や……やっちゃった……」

愛おしそうに、それでいて切なそうに。

金色の髪の少女は、胸の中で眠りについた少年の顔を、潤んだ瞳で見つめていた。

「わたし……どうしよう、かなぁ……」

◇◇◇

——夢を。

あの夢の、続きを見る。

珍しいこともあるものだなと、夢の中のアッシュは思った。

魔力切れを起こした日には、いつも決まって夢を見せられる。メビウスの命令に従い続ける日々を送っていたころの、忌々しき夢だ。

メビウス＝ファルルザーの道具として生きていた、幼いころの記憶。

当時のアッシュは、まだ十歳の子供だった。

このころには、すでに盗賊としての才能が芽生えていたのだと思う。

『——いいですか？　貴方《あなた》の役割は、僕のために盗みをすることです』

どこまでも優しくて、それでいて傲慢な笑顔だった。

舞台は、古びた孤児院の中。

まだ幼いアッシュの目の前には、痩せぎすの老人が立っている。
『君には〝異能〟が備わっている。その力を、ぜひ僕に貸してほしいんです』
やれますね？――と、その老人は言った。
少年は戸惑った。けれど、拒否権などないのだと、とっくに理解もしていた。
『あぁ。もちろん、約束しますよ』
そして、老人は告げる。
このときのアッシュは、ただ、信じることしかできなかった。
自らの拾い手であり、つまりは義父――メビウス＝ファルザーの、その言葉を。
『君が、僕の命令をこなせば。彼女のことだけは、僕が救ってみせるとも』
世界が揺れる。
夢の中の、舞台が移り変わる。
古びた書斎。
カビや虫食い跡だらけの本が積まれた木棚に、おんぼろの机と椅子。
隅っこの一席に、ぽつんと幼いアッシュが座っている。

この孤児院の子供たちは、メビウスの魔術実験の被検体でもあった。盗みの道具として使われていたアッシュだけが、実験を免《まぬが》れていた。

そのことを、ほかの子供たちは妬ましく思っていたのだろう。

これでもかとアッシュは嫌われていたし、当然だと受け入れてもいた。けれど、

『ふふ。そっか、きみはほんとうにすごいんだね？』

ひとりだけ、例外がいた。

同い年くらいの少女だった。全身の生傷を雑に包帯で覆った、メビウスの被検体。

『きみの話は、ここの本よりも、ずっとずっと面白いなぁ』

彼女は自由時間になると、いつもこの書斎にやってくる。ひとりになれるという理由で足を運んでいたアッシュにとっては誤算だったが、いつの間にやら、こうして彼女と会話をするのが習慣になっていた。

――楽しかった、のだと思う。

すべてを失ったアッシュにとって、この時間だけが、唯一の安らぎだったのだと思う。

『わたしも、いつかはきみと一緒に――』

そう微笑《ほほえ》んでみせた、少女のことを。

大切にしたいと、そう思った。

――思って、しまったのだ。

世界が揺れる。

夢の中の舞台が、ふたたび移り変わる。

『どうして……どうしてッ、うまくいかない……ッ！』

狼狽《ろうばい》した声が、孤児院の地下室に響く。

まるで監獄のような、鉄と石の冷たい空間。

メビウス＝ファルルザーが、血の色をした髪をぐしゃぐしゃと乱しながら、壊れたような唸《うな》り声を上げている。

『僕の理論は完璧なはずだ……ッ！　あいつの寄越す紋章石の解析だってしてした！　なのに……何がッ、どこが間違ってるんだよッ！　どうしてカテナ様は、この僕には微笑んでくれないんだ……ッ！』

幼かったアッシュの目にも、異常だ――と、すぐにわかった。

だけど、遅かった。

メビウスの充血した眼球が、ぎょろりと少年の姿を捉える。

『……帰っていたのか、異端児』

メビウスは激怒しているとき、アッシュのことを、『異端児』と呼ぶ。

まずい、と思った。どうにかして、メビウスの機嫌を取るべきだと思った。

だからアッシュは、命令どおりに盗んできた宝石を、すぐに差し出した。

——結論から言えば、それこそが、アッシュの失態だった。

宝石を手にしたメビウスの形相が、さらに壊れていく。

『なぜ……なぜなぜなぜなぜッ！　お前のような異端児にッ、なぜ魔導紋を手にする資格があるッ！　なぜ……なぜッ、この僕は！　私は！　俺は！　我がファルルザー一族は、魔導紋を受け継いでいないッ！　カテナ様の因子を、なぜ宿していないんだ……ッ！』

アッシュの盗んだ宝石は、無残にも叩《たた》き壊された。

ぱりん——と、鋭い残響。

メビウス＝ファルルザーの咆吼《ほうこう》は、それでも収まらない。

『クソッ、クソクソクソ……ッ！　僕がッ！　私がッ、お前という異端児を救ってやったというのに……ッ！　さっきのガキといい、なぜ俺を愚弄するのだ……ッ！』

逃げなければ、と直感する。

けれど、どうしても、アッシュには確かめなければならないことがあった。

『──約束、だと……？　ハッ、何を言い出すかと思えば……ッ！　あんなもの、貴様を従わせるための嘘《うそ》に決まってるだろうが、異端児のクズがッ！』

やめろ──と、思った。

このころのアッシュは、ちょっと盗みの才能があるだけの、ごくふつうの子供だったのだ。いまのような強さもないし、心も脆《もろ》くて弱かった。

『あのガキは……あれだけの素質を持ちながら、私の実験に耐えなかった』

──やめろ。

耳を塞ぐしかなかった。目を両手で覆い隠すしかなかった。

けれど──見て、しまった。

メビウス＝ファルルザーが、何かを。

『あぁ……そうだ、そうとも！　この俺は、治癒系の魔術を使えない……つまり、つまりだッ！　これはもう、とっくに手遅れなんだよ……ッ！』

真っ赤に染まった、よく見覚えのある何かを、その手に掴《つか》んでいた。

大切にするつもりだったはずの。

守りたかったはずの、何かを。

『残念だったな、異端児。お前の大事なガキは──僕が、処分しておきますね』

――やめろ。

メビウスの声音が、安らかなものへと切り替わる。

もう安心だと、優しく諭すかのような。

それでいて、もう用済みだと、あらゆる興味を失ったかのような。

視界が――世界が、揺れる。

すべてのものが、闇へと染まっていく。

舞台が、ふたたび移り変わって――、

◇◇◇

「……――やめろッ！」

叫び声。

心臓が、けたたましい音を鳴らしている。

胸の張り裂けそうな気分の中で、全身を汗でぐしゃぐしゃに濡《ぬ》らしながら。

夢から覚めたのだと、アッシュはようやく気づくことができた。

「……、あぁ、こん畜生め……」

気を紛らわせようと、ため息をつく。

あれは夢だ。六年も前の、ずっと過去の記憶。しかも、いわゆる悪夢というやつには、わざわざ嫌な気分にさせてくるような演出が過剰に施されているものだ。そう理解してしまえば、少しずつ心は落ち着いていく。

「ってか、夕方かよ……」

カーテン越しに見える窓の外には、夕焼け空が広がっている。……いったい自分はどれだけの時間を眠って過ごしていたのだろうかと、ふと我に返って思う。

そんなことを考えているうちに、アッシュの思考はすっかり平静を取り戻して、

「………あっ」

昨晩のことを、思い出す。

同時……アッシュは、ぶわっと顔が沸騰するような思いをした。

思い返されるのは、あの金色の髪の少女に抱きしめられながら眠ったのだという記憶。

少女の胸や肌の心地いい感触に、あの甘い花畑のような香り。そして、そのときに感じてしまった、否応《いやおう》ない安堵《あんど》感。

おそるおそる、まぶたを開いてみる。

ベッドに横たわるアッシュの隣には、ひとりの少女の顔。

煌《きら》めくような銀の髪が、まるで絹のように繊細に、その少女の首筋へと流れている。

（……ん？　銀の髪？）

二度見する。

こちらを見上げる宝石のような藍色の瞳は、添い寝をしたはずの少女のそれではなく、

「おはよう。昨晩はお楽しみだったみたいだね？」

穏やかな少女の、もはや聞き慣れてしまった声音。

アッシュの眠っていた隣には、どういうわけか、ノアが布団《ふとん》に潜っていて……、

「──ぎゃあああああああ⁉」

絶叫と同時に、ばさりと布団の中から逃げるようにして、ベッドに飛び上がる。石けんの残り香のような優しい匂いが、ふわりと立ち上った。

一方のノアの顔といえば、やはりというか、穏やかな微笑み。

……どこかの誰かを彷彿《ほうふつ》するような気がしたけれど、混乱のせいで思い出せない。

「そんなに驚くことかい？　ただ一緒に眠っていただけじゃないか」

「いやいや⁉　だって、俺は──」

「そうだね。たしかにきみは、シンシア嬢と寝ていたよ」

すべてお見通しと言わんばかりの調子で、ノアは語りを続けてくる。

「ただ、ぼくとしては、それにちょっぴり妬《や》けてしまってね。そんな今朝方、シンシア嬢が用事があると言って、きみのもとを離れたのを見かけたんだ。そこでぼくも、この機会を逃すまいと思ったのさ」

「……俺にヘンなことしてないだろうな？」

「まさか。強《し》いて挙げるなら、きみのほうからぼくに抱きついてきたことくらいだね」

「嘘つくなよ⁉　誰が、お前なんかに……」

「ぼくは嘘なんてついていないよ？　きみの温《ぬく》もりや寝顔を思い出すだけで、……んっ、なんだか、すごく満たされたような気持ちになるんだ……」

艶っぽい、上気したような声を漏らされる。

「はぁ、はぁ……きみさえよければ、このまま一緒に二度寝でも……」

「だ、誰がするか⁉　くそっ、この夜這《よば》い怪盗がっ！」

「清楚《せいそ》なぼくは、発情してしまうことはあっても、どうにか我慢してみせるとも……！」

「はっ、はつじょッ……」舌を噛《か》む、「……だから、そういう考えになるやつの、どこが清楚なんだよ……？」

「ふふ。冗談だよ」

ノアは身を起こした。

彼女が私服姿だったことに、いまさら気づく。どうでもいいことだが。

「ともあれ、体調はよくなったようで、ひと安心したよ。……本当に、ね」

その微笑《ほほえ》みが、少しだけ——いや、気のせいに決まっている。

ノアが涙を流すところなんて、まるで想像もつかない。だからきっと、いま彼女が見せた不安げな微笑みも、アッシュの見間違いでしかないはずだ。

「それにしても、さすがはぼくの〝切り札《ジョーカー》〟だね」

と、唐突にノアは言って、

「まさかきみが、たったの一日で盗みを果たしてしまうとは。感心や驚きを通り越して、とてもすがすがしい気分だよ」

「……は？　いや、俺はまだ何もできてないぞ？」

結局のところ、惚《ほ》れ薬の材料を集めるという作戦は未遂に終わってしまった。それはつまり、貴重な一日を無駄にしたと同義のはずなのだが。

「まあ、いいさ。きみのそういう鈍いところを、ぼくは好ましく思っているんだ」

「鈍いだと？　この俺が？」

アッシュは勘の良さを自負している。非常に心外な言われようだった。

「ふふ。その話の続きは、今度じっくりさせてもらおうかな」

ノアは立ち上がると、鏡の前まで移動して、

「じつは……少しだけ、面倒なことが起きていてね」

着ていた服を、おもむろに脱ぎはじめた。

白く透き通るような素肌や、薄いながら形のいい胸の谷間。それらを隠す漆黒色の下着が、恥じらいもなく露《あら》わになる。

……下着？

「だッ……こ、こいつ⁉　ついに本性を現しやがったな⁉」

慌ててアッシュは視界を手で覆う。

けれど一方のノアは、どこまでも落ち着いた調子の声で、

「きみも、できれば支度をしてほしい。ナイフやワイヤーとかの武器類も、こっそり隠し持っておいたほうがいいかもね」

「……、なんでだよ？」

「面倒なことが起きたと、そう言ったとおりだよ――」

やがてノアは、メイド服への着替えを終える。

その藍玉のような瞳は、いつになく真剣な色を帯びていた。

「――メビウス＝ファルルザーが、この屋敷《やしき》に来ているんだ」

◇◇◇

空き部屋をあとにして、大広間へと移動する。

食事の匂い。塩気のあるスープの芳香が、あたりに漂っている。

「――あ、アッシュくん。おはよ……」

顔を合わせたシンシアは、いつものような平凡な服ではなく、薔薇色《ばらいろ》のドレスで派手に着飾っていた。誰が見ても一目でわかるような、王女らしい身なり。

彼女は、テーブル席に座しながら、気まずそうに微笑んでいた。

昨晩の記憶――添い寝のことだ――を、彼女は彼女でまだ意識しているのだろうか。

だけど、アッシュの意識は、もっとべつのところにあった。

シンシアの正面に座る、赤い司祭服を身に纏《まと》った、痩せぎすの老人。

その赤髪の男は――見間違うはずがない。だって、こいつこそが、

「……メビウス、ファルルザー……ッ！」

アッシュにとっての、怨敵。

故郷を奪い、肉親を奪い、大切だった少女までも奪い尽くした、憎き司教だ。

やがて。

安らかな笑みを湛《たた》えた老人は、その蛇のような細い目をアッシュに向けて、

「——はじめまして。おふたりの話は、シンシア様からお聞きしてます」

やはり安らかな声色。

あのときの声と、そっくり同じだ。六年前のあの日から、このメビウス＝ファルザーという男は、何も変わっていなかった。

「……大丈夫かい？　ここはぼくに任せて、部屋で待機してくれてもいいんだよ」

隣のノアに、穏やかに声をかけられる。

——メビウス＝ファルルザーが、この屋敷に来ている。

それを告げられたとき、その意味をうまく理解できなかった。けれど、冷静になってみれば、当たり前のことなのだ。シンシアとメビウスは婚約者であり、この屋敷だって、もとはメビウスから贈られたもの。夕食をともにしようと訪問してくることくらい、たまにあって当然である。

だけど、そんな簡単なことを、アッシュの脳は受け入れようとしない。

この男へと復讐《ふくしゅう》してやる――と、その覚悟はとっくに決めたはずなのに。

唐突な再会の一幕に、どうしても思考が固まってしまう。けれど、

「……はっ。誰が、お前の手なんざ借りるかよ」

アッシュは、すぐに冷静さを取り戻せた。

怒りの感情に支配されなかったことに、自分のことながら驚いた。あれだけ憎んでいた相手が、いま目の前にいるというのに。本当ならば、すぐにでも殺してやりたい気持ちで満ちているはずなのに。

「これもせっかくの縁です。おふたりも、ご一緒にいかがですか?」

メビウスは、まるでアッシュとは初対面であるかのような調子で、平然とした態度で話を振ってきた。

この反応に対しては、さして驚かない。メビウスは多くの孤児を拾い集めては、使えなくなり次第に捨てていくような男だった。アッシュだって、あくまでそのうちのひとり。すでに存在を忘れ去られていても不思議じゃない。

だけど……まあ、どうでもいい。

あらゆる憎悪《ぞうお》と嫌悪《けんお》感を、ぐっと呑《の》み込んでおく。あくまで自分がいま何をすべきなのかだけを考えて、

「……そうだな。シンシア、隣いいか？」

金髪の少女の隣へと、腰かける。

メビウスとテーブルを囲んで食事をとるなど、断じてごめんだった。気分が悪くて料理は喉を通らないだろうし、作ってくれたシンシアにだって失礼だ。

けれど、ただ突っ立っているわけにもいかなかった。メビウスの本性を知っている以上、この男とシンシアをふたりきりにはさせたくない。かといって、じっと動かずにメビウスを監視しているだけというのは、いくらなんでも怪しすぎる。

ノアに任せるというのも、論外だ。それはアッシュの理念に反する。

「え？　う、うん、大丈夫……」

ほんのりとシンシアが頬を赤らめて、ふいと視線を逸《そ》らした。いまだに昨晩のことを引きずっているのか、いちおうは婚約者であるメビウスの前で気持ちが昂《たか》ぶっているのか。

もし後者だとしたら、非常に心地の悪い気分だなと思う。

アッシュは椅子を引いて、シンシアの隣の席に座る。

さらにその隣に、ノアもまた腰かけた。ふたりの少女に挟まれるような構図。

「食事は、みんなで食べたほうが美味《おい》しいですからね。シンシア様のご友人とご同席できて、僕も嬉《うれ》しい限りです」

どの口が、と思った。思っただけで、もちろん言葉にはしない。

メビウスは、丁寧な仕草でスープを口に流し込み、

「うん、美味しい。シンシア様の作る料理は、まさに一級品だ」

薄っぺらい、どこにでも落ちていそうな感想だ。

しかしシンシアは、わずかに照れくさそうにして、

「もう、メビウスさまってば。わたしの料理なんて、まだまだですってば」

「いえいえ、謙遜されなくとも。王女という身分にあぐらをかかず、自己研鑽《じこけんさん》を欠かさない貴女《あなた》は、世のどんな女性よりも美しい」

虫唾《むしず》の走る会話だ。よくもまあ、そんな綺麗《きれい》な言葉を並べられたものだと思う。

こんな光景、一秒だって見ていたくはない。だからアッシュは気分を紛らわせようと、同じくスープを口に含んだ。……味がしない。シンシアには申し訳ないことをしているなと、心の中で謝罪しておく。

「……謙遜なんて。わたしは、そんな……」

「いや、メビウス司教の言うとおりだよ、シンシア嬢？」

と、言葉を被《かぶ》せたのは、ノアだった。

「何より貴女は、清らかで美しい心の持ち主だ。その清楚さには、このぼくですら感服さ

せられるくらいだからね。貴女は、もっと自分に自信をもっていい」

「……うーん。わたし、自信なさげに見えるかな？」

「少なくとも、ぼくの目にはね。貴女の自己犠牲は、ただの優しさというだけではなく、自分を追い詰めるためのものにも見えるんだ。それこそ、贖罪《しょくざい》するかのようにね」

「え……？」

シンシアの表情が固まる。まさか……図星、なのだろうか。

「それについて、ぼくがどうこう言うつもりはないよ？　ただ……ぼくは、思うんだ」

「……ノアちゃん？」

「貴女はもっと、わがままを言ってもいいんじゃないかな？　そうじゃないと……きっと、いつか後悔することになる」

妙に重みのある言葉を、ノアは穏やかに告げる。

するとシンシアは、目の前のスープをじっと見つめながら、

「……わがまま。そっか、そうだよね……」

その視線が、なぜかアッシュのほうへと動く。……どういうつもりなのかは知らない。何かを求められているような気もするが、いまのアッシュではどうにも察してやれそうになかった。目の前の司教への嫌悪感を抑えるために、精神力のほとんどを割いている。

「シンシア様。貴女のご友人は、素敵な話をされるのですね」

安らかな声音のまま、メビウスは食器をテーブルの上に戻して、

「こんな素敵なご友人がいたとは。本当に……シンシア様は、どこまでも素晴らしい御方だ。貴女の婚約者となれたことを、僕は来世まで誇りに思います」

メビウスの瞳が、シンシアの顔をじろりと見回す。

それは……品定めでもするかのような、気色の悪い視線だった。

「心優しき清らかな精神と、可憐《かれん》ながらに優艶《ゆうえん》な身体《からだ》。穢《けが》れなき乙女の肌に、そして女神カテナ様と同色の金髪。そして……あぁ、本当に貴女は素晴らしい……」

「め、メビウスさま……？」

視線の異質さを悟ったのか、シンシアの表情が強張《こわば》る。

同時、アッシュはノアと目を合わせる――やはり、このメビウス＝ファルルザーという男は、この場で何かを企《たくら》んでいるらしい。

「シンシア様。そろそろ、今晩あたりに……どうですか？　婚約者たるもの、同じ夜を過ごすことも大切だと、僕は思うんです」

「あっ……それは、その……」

気まずそうに、シンシアは俯《うつむ》いた。

その視線が、ふたたびアッシュへと送られる。助けて、の合図だろうか。

……それにしても、このメビウス＝ファルルザーという男は、どこまでアッシュの嫌悪感を煮えたぎらせてくれれば気が済むのだろうか。さっきの発言は、いくら婚約者が相手だとしても、他人の前で口にして言いような類いの誘いではない。きっとこの男は、他者の気持ちなど何ひとつ理解していないのだ。

「──いまの反応で、わかりました」

と──そのとき、だった。

メビウスの纏っていた安らかな雰囲気が、消失する。

蛇のような細い目が、威圧的に見開かれて、

「シンシア嬢。貴女──恋を、しましたね」

「……え？」

「隠さなくともいいですよ。今日の貴女は、どこかおかしかった。まるで僕のことなど、その眼中にないかのように。……いくらなんでも、気づきますよ」

メビウスの赤髪が、揺れる。

その瞳に、アッシュが映し出されて──、

「どうして、君がここにいるんです？　──被検体、異端児」

「……え、？」


冷静でいられたはずの頭と心が、一気に沸騰した。

メビウスは──アッシュのことを、覚えていた？

どくどくと心臓がうるさく鼓動する。目の前の司教から、視線を外せなくなる。

「どうして……どうして君は、またしても僕の邪魔をするんです？　この僕に命を救われた恩を、お前は忘れたのですか？」

徐々に、メビウスの口調が、壊れていく。

「どうして……なぜッ、僕の前にまた現れた！　あと少しで！　シンシア嬢との婚約さえうまくいけば、すべてが終わるところだったのに……ッ！」

ぎろりと、睨《にら》まれる。

あの日と同じ、壊れた眼差《まなざ》しに。

「メビウスさま……？　あの、どうし……」

「──黙れ、王家の恥さらしが！」

ガシャン──と、食器の叩《たた》き割られる音。殴りつけたメビウスの右手に、鮮血が迸《ほとばし》っている。制止に入ったシンシアの声は、強制的に遮断された。

「なぜ……なぜなんだッ！　どいつもこいつもッ、どうして僕のッ！　私のッ！　この俺のッ、邪魔をする……ッ！」

錯乱したまま、メビウスはぐしゃぐしゃと血の色の髪を掻《か》き混ぜている。

アッシュは──ただ、怯《ひる》んでいた。

かつての絶望を、彷彿《ほうふつ》せずにはいられなくて。

かつての光景を、思い出さずにはいられなくて。

だから──。

「この世界を私に救ってくれと、なぜ祈らない……ッ！」

最初、その異変に気づけなかった。

大気中のマナが、激しく揺れていることに──。

「──《無垢《むく》なる闇よ、いざ呻《うな》れ》ッ‼」

瞬間。

目の前のテーブルを、突き破って這《は》い出るかのように。

闇色をした七本の触手が、破壊とともに出現した。

「あ——」

自分の反応が致命的に遅れたことに、ようやくアッシュは気づく。

七本の触手は、こちら側に座していた三人を、それぞれ分散して襲撃するような挙動をしていた。だからもちろん、アッシュの身にも危険が迫っていた。

けれど——避けられない。

復讐《ふくしゅう》してやると、そう決めたはずなのに。とっくに覚悟はできていたつもりなのに。

メビウスという邪悪に向き合うと、そう誓ったはずなのに。

アッシュの身体は、恐怖と絶望に縛られて動けない。そして——、

「——《闇よ、虚《うつ》ろに帰せ》」

穏やかな詠唱を。

その少女は、静かに紡《つむ》いでいた。

同時、七本の触手が消滅し、どろりとした液体となって溶ける。

アッシュの視線が、少女のほうへと引き寄せられる。

「まさか、いきなり仕掛けてくるとはね。メビウス＝ファルルザー司教――貴方《あなた》は、ぼくの推察どおり、清楚《せいそ》さに欠ける人間らしい」

どこまでも穏やかで、清楚な態度で。

ノアは、そう語っていた。

触手に破壊され、ただの木片へと化したテーブルの前で、しかし彼女は優雅に座していた。しなやかな脚を美しく交差させて、上品にスープを啜《すす》っている。

場違いな光景だった。逆上し、攻撃を仕掛けてきたメビウスに対して、この少女は食事を続けようというのだろうか。

「だけど、残念だったね？　いまのは、闇魔術【ダーク・ディスペル】――他者の闇魔術を消滅させる、上級の魔術さ」

スープを完飲して、ノアは「ごちそうさま」と礼儀正しく告げる。

「チッ……貴女、魔術師だったのか」

安らかな言葉と、乱雑な言葉の混じった口調。

屋敷《やしき》の大広間という平穏であるべき場所に、ちりちりとした戦意が募っていく。

そして、それは――アッシュだって、例外じゃない。

「……メビウス、ファルルザー」

その名前を、ぼそりと呟《つぶや》いて。

深呼吸とともに、今度こそアッシュは覚悟を固めた。過去の記憶を振り払って、いまこの瞬間へと意識を傾ける。

「お前……俺のことを、覚えていたのか」

腰もとに隠しておいたナイフを、そっと取り出す。

一方のメビウスは、殺意と安らぎの入り交じったような顔をして、

「あぁ——もちろんですよ、異端児くん。数百の子供の中でも、君は特別でしたから」

「……チッ、そうかよ」

憎しみの声を、吐き捨てる。

「聞いたぜ？　俺の故郷を滅ぼした野盗どもは、お前に雇われてたんだって？」

「はて、そうでしたっけ？　昔のことだ、よく覚えていないですよ」

「ッ、ふざけるな！」

叫んで、

「お前は、俺からすべてを奪いやがった！　俺の故郷を、家族を……そして、あいつを。

そんなお前が、のうのうと生きてやがるのを……俺はもう、許せない……ッ！」

「だったら、どうするのです？」

「──それは、ぼくたちの台詞《せりふ》なんじゃないかな」

ノアに、割り込まれる。

少女の白く柔らかい手が、優しくアッシュの背中を撫《な》でる──熱くなりすぎた憎しみの心が、穏やかに冷めていく。

「メビウス司教。貴方は、シンシア嬢の前で本性を見せてしまった。これが何を意味するか、まさかわからないわけじゃないだろう?」

「……何が言いたいのですか」

「その本性を、心優しきシンシア嬢は見逃さない。きっと貴方の罪は、国王に告発されることになる──そのとき貴方は、果たして傲慢さを貫けるのかな?」

「あぁ、なるほど……その言葉遣い、貴女《あなた》が怪盗ノアでしたか」

「ご名答だよ。どうやら、ぼくの予告状は読んでくれたみたいだね」

ノアの双眸《そうぼう》が、シンシアのことを示す。

ドレス姿の彼女は、メビウスが突如として見せた凶暴な本性に、動揺を隠せていない様子だった。その華奢《きゃしゃ》な身体を、がくがくと震わせてしまっている。

だが──そう。シンシアは、メビウスの裏の顔を知ったのだ。

王族を相手には隠し通してきたという司教の本性を、彼女は目の当《ま》たりにした。

そしてこの少女は、誰よりも優しくて、正義感に溢《あふ》れている。メビウスという邪悪な男の罪は、彼女によって告発されることになるだろう。

「ですが、怪盗ノア。残念ながら、優勢なのは僕ですよ」

しかしメビウスは、安らかな口調を絶やさなかった。

蛇のような目で、シンシアをじっと睨んでいる。

「貴女の狙いが叶《かな》うのは、シンシア様が生きて帰れたらの話ですよね？」

邪悪な言葉。思わず、アッシュの感情が反応する。

「ッ、このクソ司教……ッ！」

「君は黙っていろ、異端児くん」

安らかに、メビウスは告げる。

「……まさか、我が偉大なる実験の最後の壁が、よりにもよって君だとは。女神カテナ様は、本当にどこまでも、この僕を試したがるようだ……っ！」

どこか恍惚《こうこつ》とした、心の底から気色の悪い表情をメビウスは浮かべていた。

その声音に、歓喜の感情が混ざっていく。

「あぁ……そうか！　そういうことだったのか！　女神カテナ様は、この僕に！　この私に！　この俺に！　最後の試練をッ、与えてくださるというのですね……ッ！」

涙すら滲《にじ》ませて、メビウスは語る。

その不気味な様子に、アッシュは警戒を強めていた。

だが——異変が、起きる。


メビウス＝ファルルザーの右肩に、光の紋章が浮かび上がる。

光の色は、血のような昏《くら》い朱《あか》。その形は——眼球、だろうか。


「ハハ……は、ははははッ！　よく見ておきなさい、異端児のクズどもがッ！　これがッ、これこそがッ！　我が生涯の集大成——世界で唯一の、人造的な魔導紋だ！」

けたけたと、メビウスは壊れたような高笑いを響かせる。

頬は朱色に紅潮させ、双眸からは涙すらも流しながら。

歪《ゆが》んだ感情を、その痩せぎすの身体《からだ》に纏《まと》っていた。

「はははははッ！　僕のッ！　私の研究は、すでに終わっていたんですよ！　そこの王家の女さえ俺のモノにできれば、我が魔導紋は完全となる！」

「ッ、メビウス、お前……ッ！」

メビウスが何を成すために、魔術実験を繰り返していたのか。

その答えが——人造的な魔導紋、だというのか。

「……まさか、こんな歴史的な瞬間に立ち会えるとはね」

冷静なノアの声音。

だが同時に、わずかに焦《あせ》っているような様子でもあった。

「魔導紋は、女神カテナの因子を引いた者だけが宿せる。その前提を、なんと貴方は超越したというわけだ」

「そう！　そうですともッ！　私は！　俺はッ！　ついに……ついに、この僕は！　女神カテナ様に、選ばれたのだ……ッ！」

無垢な少年のように、メビウス＝ファルルザーは笑って、

「そう！　これこそ——名づけて、『ファルザカテナの紋章』ッ！」

「……なるほど。カテナ様への愛が伝わる、とても痛々しい名称だね」

「黙れ、罪人のガキッ！　貴様のような外道が、カテナ様の名前を口にするなッ！」

メビウスの表情が、切り替わる。

歓喜に打たれたような笑顔は失《う》せて、灼熱《しゃくねつ》のような激情を奮い立たせている。

かと思えば、今度は、安らかな顔つきに。

「まあ、無礼は許します。ただし——僕の紋章魔術で、黙らせることになりますがね」

まずい――と、アッシュは直感した。

メビウスが生み出した人造的な魔導紋――『ファルザカテナの紋章』へと、膨大な魔力が集まっていく。大気中のマナが震撼《しんかん》している。

そして。

その魔術が――ついに、詠唱される。

「――《ファルザカテナの紋章よ、ここに神なる聖鎧《せいがい》を》！」

赤い光が。

メビウスの全身が、血のような朱色の光に包まれていく。

「ッ、なんだ……？　なにが、起きてやがる……？」

激しい赤い光を前に、アッシュは腕で視界を守り、うっすらとメビウスを視察することしかできなかった。

その隣、ノアの藍玉のような双眸は、赤い光を見据えている。

「……メビウス、さま？」

後方からは、シンシアの不安げな声。

そして——。

光が、晴れる。

メビウス＝ファルルザーが、その姿を、顕現させる。

「は、ははは……これが、これこそが、僕の生み出した究極の魔術——」

それは、異形の鎧《よろい》だった。

血のような色をした、丸みを帯びた巨大な鎧。その表面には、どろりとした液体のような何かが流れ続けている。

何よりも異質なのは、その眼球。

鎧のあちこちで、無数の眼球が蠢《うごめ》いていた。

「紋章魔術【ファルザカテナの聖鎧】——ついに、僕は成し遂げたんだ……ッ！」

全身を赤の鎧で覆ったメビウスには、もう、その面影すらもない。

眼球まみれの、異形の赤い鎧。

その眼球のひとつが、ギョロリと動いて、

「だが……僕の紋章魔術は、これでは不完全なんですよ。たったのこれだけで、僕は魔力のほとんどを使い果たしてしまった。この魔術には、膨大な魔力補給が必須なんです」

「……、まさか、お前……」

「そうです！　魔力補給の苗床には、シンシア＝ユースティスが適任なんですよ！」

邪悪な声が、赤色の鎧から発せられる。

「だから……そこの王女を、僕に差し出してくれませんか？　今なら、君たちを殺すのは後回しにして差し上げます」

「誰が、お前の言うことなんざ……ッ！」

「彼の言うとおりだよ、メビウス司教」

と──ノアが、アッシュの正面へと歩き出して、

「……《闇よ、ぼくに衣装を》」

詠唱。

ノアの身に纏っていたメイド服が、一瞬にしてドレスのような怪盗服へと変化する。

「さて、メビウス＝ファルルザー司教。たしかに貴方《あなた》は、魔術史に残る偉業を成し遂げた。誰もが夢想し、そして諦めてきた幻想を、現実にしてみせたんだ」

「……不愉快です。罪人ごときが、僕の偉業を語らないでくれませんか」

「だけど、貴方の行いは──ぼくに言わせれば、清楚《せいそ》さに欠けている」

ノアの右手に、ステッキが握られる。

「だからぼくは……ぼくたちは、貴方の傲慢を頂戴する。覚悟はいいかい？」

「威勢だけはいい罪人ですね。ならば、こうしましょう――」

と――メビウスが、唐突にその場で両腕を上げた。

まるで無防備な隙を、あえて与えるかのような動き。

「――怪盗ノア。貴女の魔術を、一撃だけ受けて差し上げます。貴女と僕のどちらがより優れた魔術師であるか、はっきりさせてあげましょう」

そう語る赤色の鎧は、一歩も動こうとしなかった。

その挑発は、むしろ……ノアに、魔術を撃たせたがっているような。

「なら……そうだね。試しに、一発だけ撃たせてもらおうかな」

と、ノアはシンシアのほうを向いて、

「いいかな、シンシア嬢?」

「……え?」

「ぼくはいまから、貴女の屋敷《やしき》を吹き飛ばす。弁償はさせてもらうから、安心してくれていいよ?」

「え……の、ノアちゃん……?」

シンシアの困惑に、しかしノアは応じない。

握ったステッキの尖端《せんたん》を、彼女は赤色の鎧のほうへと定める。

「……っ、お前、どうするつもりだよ」

「戦うのさ。けれど——ぼくでは、時間稼ぎにしかならないだろうね」

どういう意味だよ、と訊《き》こうとした。

けれどノアは、すでに動き出している。

「——《昏天《こんてん》より這《は》い出《い》でし影よ、黒地を蝕《むしば》む冥府の王よ——」

その瞳に、覚悟が宿っていく。

「《いざ混沌《こんとん》の如《ごと》く慟哭《どうこく》し、すべてを呑《の》み込む闇となりて——」

少女の唇が、鮮やかに声音を紡《つむ》いでいく。

「——《殲滅《せんめつ》の限りを、ここに尽せ》」

詠唱が終わる。

六節にも亘《わた》る、その魔術は——まさか、と思う。

瞬間。

究極の闇が、彗星《すいせい》のごとく撃ち放たれた。

ノアのステッキの尖端から射出されるは、流れ星のような闇色の光線。

それは、破滅的だとしか言いようのないほどの、理不尽な闇の閃光《せんこう》だった。

ただ眺めているだけでも、死を身近に感じる威力。巻き起こる暴風と引力に、命と身体を引き剝がされそうになる。

「ッ、マジかよ――!?」

その魔術の存在を、アッシュは知識として備えている。

闇魔術【ダークネス・ディストラクション】。極限まで圧縮された影を解き放つ、極位の名を冠する攻撃魔術だ。

極位の魔術は、人類が扱えるすべての魔術の中で、最大の威力を誇っている。

その使い手は、観測される限りでも、たったの七人。

そんな伝説のような魔術を、ノアは放ってみせたのだ。

だが――。

メビウスは、本当に何もしなかった。

身構えるわけでもなければ、それを避けようとすらしない。

闇色の光線を、赤色の鎧は真正面から受けて、

――衝撃。

爆発じみた音が、大広間を震わせる。ノアの放った闇の魔術は、メビウスの正面へと直撃し、視界のすべてを埋め尽くすほどの白煙を発生させた。

爆風が起きる。距離の遠いアッシュでさえ、踏み込まなければ耐えきれない。

誰の目から見ても、まず人間の肉体が耐えられるような威力ではなかった。

つまりは、破滅。

それを否応《いやおう》なく実感させるような、究極の一撃。

「な、なあ……」

そんな魔術を前にして。

アッシュは、もはや唖然《あぜん》とするしかなかった。

「お前……いくらなんでも、やりすぎじゃねぇか……?」

そう思わずにはいられないほどの、超威力。

だが、それを撃ち放った少女は、真剣に白煙の中を見据えていて――、

「――どうやら、僕の勝ちみたいですね」

アッシュは、現実を疑った。

白煙が晴れる。

屋敷の壁は、当然のように消し飛ばされていた。

だが――その中心に。

赤色の鎧は、まるで無傷のまま、堂々と君臨している。

「……うん、やっぱりだめか。さすがに、ぼくの天敵だね」

ノアは平然としている――が、余裕があるわけじゃないらしい。いつもの微笑《ほほえ》みを湛《たた》えることができないのか、表情らしき表情を貼りつけていなかった。

「なっ……どうなってんだよ、あの鎧は……ッ！」

ただの鎧が防げるような魔術じゃないのは明らかだった。ノアの放った魔術は、それほどまでに圧倒的な闇色をした破滅そのものだったのだ。

だからこそ、より際立《きわだ》つ。際立ってしまう。

あれを受けて傷ひとつ付かない異形なる鎧の、その異常さが。

「僕の【ファルザカテナの聖鎧】は、あらゆる攻撃を無効化させるんです」

安らかな調子の声で、メビウスは語る。

あらゆる攻撃を、無効化――それはつまり、

「なんだよ、それ……そんなもん、最強の魔術じゃねぇか……ッ！」
最強という評価は、きっと過大じゃない。
だから──絶望せずには、いられなかった。
「さて……それじゃあ、次は僕の番ですね？」
ギョロリ、と。
鎧の表面の眼球が、同時に蠢いた。
そして──大気中のマナが、揺れはじめる。
「ッ、くそ──」
それはつまり、魔術が詠唱される前兆だ。
盗賊としての直感が、ひしひしと脳に訴えてくる。
ここで、メビウスに魔術を撃たせれば──きっとアッシュは敗北する。だから、
ただ、地を蹴っていた。
策を練っている時間もない。ナイフを握りしめたまま、全力の肉薄を仕掛けていた。
と──視界の隅で、ノアの表情が崩れているのが見えた。
いつも穏やかに微笑んでいた彼女が、動揺を顔に浮かべている。
けれど、気にしている余裕はない。

瞬時に肉薄を終えたアッシュは、メビウスの懐《ふところ》へと潜り込んで――、

「――――ッ‼」

ナイフを、思い切り振るう。

ガキィン――……という、鋼と鋼の衝突する音。

けれど、異形の鎧《よろい》は。

どこまでもあっけなく、アッシュの一撃をナイフごと弾《はじ》き飛ばした。

「あらゆる攻撃を無効化すると、そう話したはずですよね」

武器を失ったアッシュの目の前で、鎧の眼球がギョロリと動く。

その異形のすべてが、アッシュを見据えている。

そして。

メビウスの詠唱が、安らかに紡がれる。

「――《ファルザカテナの紋章よ、我が聖鎧《せいがい》に、赤き執行の刃《やいば》を》」

赤き異形の鎧が、その形状を変化させた。

その右腕が、刃の形へと歪《ゆが》んでいく。

あ――これは、やばい。

時間が、ゆっくりと流れていく。

ナイフによる一撃を弾かれ、体勢を崩したアッシュでは——どうやっても、この魔術を凌《しの》ぐことは不可能だと理解する。

赤き刃が、完成する。

やがて。

アッシュの命を引き裂くべく、それが振り下ろされて——、
痛みは——どれだけ待っても、訪れなかった。


(——え?)

もはや、目の前の現実を疑うことしかできなかった。

メビウスの魔術は、確かに発動した。

そしてアッシュには、その一撃から逃れる手立てなどなかった。

ならば、どうして。

アッシュの身体《からだ》には、傷ひとつ付いていない?

「なに……やってる、んだよ……?」

その答えは、簡単だった。

あの赤き刃の魔術は、アッシュの身体ではない何かへと、振り下ろされたのだ。

銀色の髪をした少女が、倒れている。

その美しい純白のドレスを、真っ赤に染めながら。


「の、あ……？」

感情が歪む。表情が、なぜか笑みの形を作っていく。

まるで、これが質《たち》の悪い嘘《うそ》であると、そう笑い飛ばそうと望んでいるかのように。

「……まったく。よくもまあ、不愉快なものを見せてくれましたね」

異形の鎧が、何かを喋《しゃべ》っている。

「ですが……まあ、いいでしょう。どのみち、ふたりとも処分するつもりだったんだ。その手間が、ひとつ省けたと考えてあげますとも」

ふたたび、大気中のマナが揺れる。

魔術の前兆。しかしアッシュは、またしても動けない。

「さよならです。我が忌々《いまいま》しき、被検体――」

「――待って！」


声。

シンシアの声が、聞こえてきた。

ふらりと、アッシュの視線が動く。

その先には……金色の髪の少女が、弾かれたアッシュのナイフを手に、立っていた。

「……メビウスさま。あなたの狙いは、わたし……なん、ですよね？」

揺るぎない覚悟が、その翠《みどり》色の瞳に灯《とも》っている。

シンシアは、握ったナイフを――自らの首もとへと、突きつけていた。

「だったら……交渉です。もし、あなたがアッシュくんに、これ以上ひどいことをするなら……わたしは、わたしの命を捨てます」

「……なに？」

「これは、最後の警告です。――アッシュくんから、離れて！」

叫ぶように、シンシアは声を張り上げた。

赤き異形の鎧は、その頭部をぐしゃぐしゃと掻《か》きはじめる。

「なぜ……なぜ、なぜだッ！　なぜッ、どいつもこいつも僕の邪魔をする……ッ！　あと少しで、何もかもが終わっていたというのにッ！」

口調が乱れる。

だが、それでもシンシアは、凜然《りんぜん》とメビウスを睨《にら》んでいた。

そのナイフを、さらに首もとへと近づけて——一滴の、赤い雫《しずく》が垂れる。

「……最後の警告だと、わたしは言ったはずです」

「チィ、ユースティス王家の恥さらしが……ッ！」

だがメビウスは、納得するしかないらしい。

アッシュに背を向けて、重厚な足音を鳴らしながら、シンシアの近くへと歩いていく。

「……まあ、いいでしょう。あの異端児も、いずれは始末することになるのですから」

メビウスは、鎧に覆われた腕を正面へとかざして、

「——《祝福の光よ、世界を繋《つな》げ》」

詠唱。メビウスの前に、神々《こうごう》しい門が出現する。

おそらくは、空間接続の魔術。

「では……行きましょう、シンシア様。僕と貴女《あなた》の結婚式を執り行うには、今日ほど素敵な日はないですからね」

女性をエスコートする紳士のように、異形の鎧が手を差し出す。

シンシアは、その手をじっと見つめてから、
「……はい」
そっと、その小さな手を重ねた。
やがてふたりは、光の門の向こうへと消えていく。
その背中を。
アッシュは、ただ──見ていることしか、できなかった。

◇◇◇

時間が、流れていた。
夕焼けの空は、闇へと塗りつぶされている。
「……俺、は」
呆然《ぼうぜん》と。
アッシュは、無気力な声をこぼしていた。
目の前に転がっているのは……鮮血に身を穢《けが》された、銀色の髪の少女。
その姿が、どうしても過去と重なってしまう。

かつて大切にしていた少女の最期《さいご》も、こうやって、全身を真っ赤に染めていた。

「俺は……あいつに、負けたのか……」

その現実が。絶望が。

重く、身体にのしかかる。

アッシュの心は、もう二度と立ち上がれないほどに、完膚なきまでの敗北を——。


「……まだ、だよ？」


ぽそり、と。

掠《かす》れた声を、アッシュは聞いた。

「……ぼく、は……ぼくたち、は。まだ、負けてない……よ……？」

「ノア……？　お前、どうして……ッ！」

アッシュは思わず、ノアの身体を抱き起こしていた。

少女の華奢《きゃしゃ》な身体に、鮮烈な傷跡が残っている。

「……だって……まだ、きみが……」

なのに。

彼女は、命すら危ういはずの、致命傷を負っているのに。

「ぼく、たちには……きみが、残ってる。そう、だよ、ね……？」

穏やかに。

ノアは、微笑《ほほえ》んでいた。

「なんだよ、それ……」

両腕に抱える少女の身体は、アッシュよりもずっと繊細で、ずっと儚《はかな》げで。

だけど……アッシュよりも、ずっと強くて、温かかった。

「俺に……どうしろって、言うんだよ……ッ！」

ノアは微笑んだ。

宝石のように美しい瞳で、アッシュのことを見上げながら。

「……きみなら、勝てる、よ。だって、きみは——」

その手が。

少女の白い手が、アッシュの頬へと、差し伸ばされて——、

「きみは——ぼくの、〝切り札《ジョーカー》〟なんだから」

あぁ……なんだよ、それ。

勝手なことを言うなよ、と、そう思った。

アッシュは、強くなると誓ったことがある。もう誰にも頼らなくていいように。ひとりでも生き抜けるように。絶対的な強さを身につけなければならないと、そう覚悟しながらこれまでの人生を歩んできた。

だって——誰かと生きるのは、もう、うんざりだったから。

何かを奪われるのが、怖かった。大切なものを見つけても、どうせいつかは失われる。

あの少女を奪われたときのように、果てしない絶望に苦しめられるだけだ。

だから、強く在ろうと決めた。何にも負けない強者として振る舞おうと誓った。

そうまでして、アッシュは孤独を徹底していた。

二度と、大切なものを奪われることがないように。

だというのに……あぁもう、腹が立つ。

この、ノアという名の自称・清楚《せいそ》怪盗は。

アッシュの孤独を、盗んでやろうという魂胆らしい。

「……ぼく、は」

そっと。

アッシュの頬が、優しく撫《な》でられる。

「ぼくは……ずっと、きみと一緒に、いるよ？　ぼくは、きみを守るし……きみも、ぼくを守ってくれる、よね……？」

――ずっと、理解しているつもりだった。

アッシュのやっている意地は、ただの逃避だ。

誰かを失うことが怖いから、孤独でいられるだけの強さを身につけて、誰のことも信頼しないで済むような言い訳を作っていただけ。

だけど……こいつには、敵《かな》わないなと思わされる。

「あぁ、もう……わかったよ。俺の完敗だ」

認めるしか、ないと思った。

アッシュは盗賊だ。欲しいものができたなら、それを意地でも手に入れてきた。

だから、いまだって――、

「――いいぜ。この俺を信じたお前を、今回だけは信じてやるよ」

にやり、と。

不敵に笑う。笑ってみせる。

「……ふふ。それでこそ、ぼくの〝切り札《ジョーカー》〟、だね……」

力なく、ノアの手が頬から落ちていく。

ふと、アッシュはその手を強く握っていた。これだけの出血をしているというのに、とてもあったかい。

「まさか、お前――」

「……うん？」

「いや……くそ。ほんっと、お前ってやつは……」

ノアの手を離して、アッシュは立ち上がる。

外套《がいとう》の内側から、薬の入った瓶を取り出して、

「こいつを飲んどけ。ちょっとした、おまじないみたいなもんだ」

「……了解、だよ。ぼくの〝切り札《ジョーカー》〟」

その言葉を背に受けて、アッシュは颯爽《さっそう》と屋敷《やしき》を飛び出した。

メビウスの向かった先は、なんとなく目星はついている。

「待ってやがれ、シンシア――」

アッシュの心の中にあった恐怖は、すっかり消え去っていた。

あるのは……とても懐《なつ》かしい、心地のいい感情だけ。

その感覚に身を委ねて、アッシュは三日月の下の夜を、駆け抜けていく。

「お前は——この俺が、盗《と》り返してやる」

5章　傲慢なる司教

少女——シンシアは、うっすらと目を開けた。

鈍く痛む頭が、ようやく意識を覚ます。

「……う、ぁ……？」

視界が明瞭になってくる。

シンシアの脳は、ようやく状況を把握しはじめた。

両手は枷《かせ》に縛られ、そのうえ鎖に繋《つな》がれていて、とても動かせない。それどころか、宙づりにされて地面に足をつけることすら許されていなかった。薔薇色《ばらいろ》のドレスはボロボロで、痛々しく肌を露出させてしまっている。

まるで、物語に出てくる囚《とら》われの姫だ——なんて楽観的には、なれなかった。

「——おはようございます、シンシア様」

誰かの、声。

知っている声だ。安らかなのに、どこか不気味な声。

「……メビウス、さま」

そうだ。

この男の名は、メビウス=ファルルザーだ。

「あぁ、よかったです。記憶が吹き飛んでしまっていないか、心配したんですよ」

穏やかで、けれど醜悪な笑み。

それが、シンシアを微笑ましげに見つめていた。

「……ここ、は？」

「カテナ教の教会です。僕と貴女《あなた》の結婚式は、ここでやると決めたじゃないですか」

言われてみれば、この場所は教会だった。

苔《こけ》むした木造の広大なホールに、清く正しい配列でずらりと並ぶ座席。壁には、美しいステンドグラスが装飾されている。一見すれば、神聖な教会そのものだった。

だからこそ、周囲に漂う血の臭いが、ひときわ目立つ。

「わたしに……なにを、したんですか……？」

「おや、覚えていないのですか？　僕は貴女から、魔力を吸わせてもらったんですよ」

メビウスの全身。

ぎょろぎょろと気味の悪い眼球に覆われた、赤色の鎧《よろい》を纏《まと》っていて。

その背中からは、血のような色をした触手が、何本か生えていた。

「これですか？　これは、闇魔術【ドレイン・チューブ】。この触手を通すことで、他者の魔力を吸い取ることができるんです。僕が実験で編み出した魔術のひとつですよ」

濁りのない声で、メビウスは語る。

「ですが……貴女は、すぐに気を失ってしまったんです。魔力を吸われるというのは、命を削られるにも等しい行為ですからね。まだ幼い少女であるシンシア様には、とても耐えがたい激痛だったのでしょう」

シンシアの身体《からだ》には、覚えのない傷跡がいくつもあった。

それに、このドレスもだ。溶かされたのか、裂かれたのか。肌のあちこちを晒《さら》しているのも、あの触手のせいなのだろう。

「とはいえ、それでは困りますからね。王族として、莫大《ばくだい》な魔力を備えているシンシア様には、魔力の苗床として生きてもらう必要があるんですよ。だから……次は、気を失わせないように加減させてもらいますとも」

「……どう、して」

視界が、潤む。

シンシアの心は……もう、限界だった。

「どうして……こんな、ひどいこと、するの……？」

「……酷《ひど》い、だと？」

メビウスの顔は、鎧に覆われていて窺《うかが》えない。

だけど、シンシアにはわかった。この男の中で、何かが……感情のスイッチのような何かが、確実に切り替わったのだと。

「ふざ、けるな……ッ！　僕の救済を、侮辱するのか……ッ！」

血のような色の触手が、一斉に動いた。

シンシアの四肢へと、即座に絡《から》みつく。

「っ……!?　や、やめて……っ！」

「黙れ！　黙れ黙れ黙れ黙れッ！　この僕の！　私の！　俺の救済を！　お前のような血だけが取り柄の女にッ、愚弄されてたまるか……ッ！」

何かが壊れたかのように。

メビウス＝ファルルザーは、叫び続ける。

「俺は！　僕は！　私は！　この『ファルザカテナの紋章』の力で、世界を救ってみせるんだよッ！　だって！　それが！　それこそがッ、女神カテナ様の願いなのだからッ！」

どろどろとした触手が、シンシアの首を這《は》い回る。

そして——激痛が、訪れた。

「がっ……⁉　あ、あぁ……っ！」

「私はなァ！　この紋章魔術で、世界の悪を！　戦争を！　すべてッ、この手で消し去るんだよ！　それが俺の使命でありッ！　僕の成すべき正義なのさ……ッ！」

頭が、痛い。

呼吸が、できない。苦しい、苦しい、苦しい——。

「この俺は、お前のことも救ってやってるんだッ！　貴様のような、魔導紋を受け継ぐべき立場にありながら、その権利を与えられなかったゴミを……『ユースティスの紋章』を宿さなかった王家の恥さらしをッ！　この私の救済を手伝わせてやることで、役立たずのゴミという立場から、救ってやっているんだッ！」

「ぁ……っ、ぁ……」

「あの異端児も！　実験に使ったガキも！　カテナ教の信徒どももッ！　女神カテナ様の因子を受け継がなかった、すべての虫ケラどもを！　この私の慈悲によりッ、救済してやっているんだよッ！　救世主の片棒を、担《かつ》がせてやっているんだッ！」

「う、ぁ——」

黒。

目の前が、一面の黒に染まろうとして――、

「……おっと。これは少し、やりすぎてしまいましたね」

苦痛から、解放される。

シンシアの首を絞めていた触手が、しゅるしゅると緩められていく。

「かはっ……!?　あっ……は、はっ……っ！」

歪《ゆが》んでいた視界が、回復していく。

鎖で吊《つる》されて、触手に絡みつかれて、呼吸すらも奪われて……それでもまだ、シンシアの意識は途絶えなかった。

「言ったでしょう？　貴女は魔力の苗床なんですから、死なれたら困るんです」

「……う、ぁ、あぁぁ……」

「安心してください。じきに、慣れるはずですから」

全身に絡みついた触手が、しゅるしゅると動き出す。

それらは、シンシアのドレスの内側へと、侵入する。

「きゃっ……ゃ、やだ……っ!?」

「誓いましょう。僕は貴女を救ってあげます。だから――貴女も、僕を救ってください」

「ひっ……やめ、て……っ！」

肌の上を、触手が這い回る。

「魔力補給の効率は、心臓に近いほど良いとされています。そして……皮膚の上からよりも、内側からのほうがいい」

「……っ⁉　う、うそ……やだ、こないで……っ！」

どろりとした一本の触手が、シンシアの腹部へと下っていく。

やがてそれは、ふとももへと巻きつき、ざわりと蠢《うごめ》いた。

まるで、何かを探しているかのように――。

「っ……け、て――」

シンシアに抵抗の術《すべ》はない。

だけど……それでも、想《おも》わずにはいられなかった。

脳裏に、黒灰髪の少年が、思い浮かぶ。

「――――おねがい、助けて……っ！」

誰に聞こえるはずもない声が、絞り出される。

もちろん、誰にも、届かなかった。

届かなかった、けれど——。

「——《ライセールの紋章よ、ここに迅疾の雷を》ッ！」

刹那。


その教会に——破壊が、駆け抜けた。

ふと気づけば、シンシアの身体に纏わりついていた触手が、根元から焼け焦げている。

遅れて——衝撃。強烈な風圧が、そこに生じる。

「——ッ、なにが起きた⁉」

メビウスは動揺を露《あら》わにして、音のほうを見た。

つまりは、教会の入り口。

粉砕された木製のドアの前に——その少年は、立っていた。

「よう。さっきぶりだな、傲慢なるクソ司教サマ？」

少年の右手の手袋には、黄色の宝石が嵌《は》められていた。

彼は、それを取り外しながら、

「——俺たちの予告を、果たしに来てやったぜ？」

にやり、と。

黒灰髪の少年——アッシュは、不敵に笑っていた。

◇◇◇

不敵な笑みを浮かべたまま、アッシュは冷静に視線を動かした。

ステンドグラスに飾られた教会の最奥《さいおう》に、シンシアが鎖で吊されているのが見えた。その正面には、赤き異形の鎧。互いに顔を向き合わせながら立ち並ぶふたりの人影は、それこそ婚姻の誓いを結んでいるふうに見えなくもない。

「……どうして、ここがわかったのですか？」

赤色の鎧——メビウス＝ファルルザーが、ギョロリと無数の眼球を動かした。

気色の悪い見た目だなと改めて思いつつも、アッシュは答えを突きつけてやる。外套《がいとう》の内側から、一冊の手帳を取り出して、

「これだ。こいつを読んでたおかげで、あんたの行く先がわかったんだよ」

「っ、それ……わたしの、日記？」

「あぁ、そうだ。……言っとくが、ヘンなことに使ったりはしてねぇからな？」

言い訳を並べて、

「ともかくだ。この日記に、あんたらが式を挙げようとしてた教会の名前が書いてあったんだよ。そんでもって、さっきメビウスのクソ野郎は、『結婚式を執り行う』だの言ってたろ？　そのおかげで、あんたの行き先も推測できたってわけだ」

「そうですか。さすがは——穢《けが》らわしい、異端児のクソガキだ」

がしゃり、と重厚な足音を響かせながら。

異形の鎧《よろい》を纏《まと》ったメビウスが、こちらへと歩み進んでくる。

「まあ、許しましょう。僕は先ほど、シンシア嬢を手に入れた。最強の魔導紋に、それを行使するための魔力の苗床となる王家の娘。僕の追い求めた救済のための魔術は、ついに完成したんですよ……ッ！」

「おいおい。慢心してていいのかよ」

あえて、挑発を誘うような口調で語る。

「なんたって、この俺は盗賊だぜ？　あんたの魔術も、奪っちまうかもしれねぇぞ？」

「……黙りなさい、異端児。君のようなクズに、いまさら何ができるのですか」

「さてな。ま、とりあえず……戦《や》ろうぜ、メビウス＝ファルザー」

にやり――と。

アッシュは、いつもよりも不敵に。

邪悪ですらある笑みを、浮かべてみせた。

「あんたの相手は嫌いじゃないぜ？　なんたって、復讐《ふくしゅう》はスカッとするからなぁ」

「……ふん。君も、ずいぶんと威勢が良くなりましたね」

「ま、そりゃ当然だろ。だって――」

息を、吐き出す。

アッシュは、思いきり地を蹴って、

「――この俺は、〝盗みの天才《ギフテッド・シーフ》〟だぜ？」

同時。

ぱりん、というガラスの割れる音。

瞬間――周囲に、黒煙が展開された。

教会を、一瞬にして完全なる闇に包み込む。

「チイ、姑息《こそく》な手ですね。だが――」

異形の鎧越しに、昏《くら》き朱色の紋章が光を帯びる。

それはつまり、魔術が詠唱される合図。

「――《ファルザカテナの紋章よ、我が聖鎧《せいがい》に、赤き執行の刃《やいば》を》！」

メビウスの鎧に、無数の赤き刃が発生する。

だが、その狙う先はめちゃくちゃだ。さすがのメビウスも、視界を奪われてはうまく狙いを定められないのだろう。ここまでは想定どおり。

（覚悟しやがれ、メビウス＝ファルルザー）

一方のアッシュは、暗闇には慣れきっている。すべてを見渡せるほどではないにせよ、メビウスの魔術の気配や音から、その位置を割り出すのは簡単なことだ。

静かに、それでいて疾《はや》く、赤色の鎧へと接近する。

周囲の黒煙が、少しずつ薄まっていく。

「懺悔《ざんげ》しろ、異端児――ッ！」

メビウスの口調が、乱れた。

鎧から生じた赤い刃が、ぶん、と暴威を閃《ひらめ》かせる。

しかしアッシュは、その一撃を、華麗に躱《かわ》してみせる。

「——そのくらい、読めてんだよ」

飛び上がるような回避。赤い刃が、足もとを虚《むな》しく薙《な》いでいく。

振り払われた刃が、静止。

ついに、黒煙が消える。

互いの視界が澄み渡って——メビウスが、動揺に吼《ほ》えた。

「……ッ、どこだ⁉ あのクソガキは、どこに——」

「ここだぜ、クソ司教？」

異形なる鎧の、その右肩の上。

そこに着地していたアッシュは、悪趣味な笑みを見せつけていた。

彼我の距離は、もう、左手の届く距離。

つまり——〝異能〟である【略奪の一手《スペル・クラッチ》】の、その射程圏内。

アッシュは、左手を魔導紋へと差し向けて——、

「——奪い盗《と》れ、【略奪の一手《スペル・クラッチ》】‼」

眼球を模した、昏き朱色の紋章に。

アッシュは、触れてみせる。

【略奪の一手《スペル・クラッチ》】の発動条件は、とても単純だ。奪い盗りたい魔導紋に、左手で触れること。

しかもこの力は、鎧や衣服を貫通して効果を発揮する。

そして。

アッシュの〝異能〟は、相手の魔導紋を奪い盗る。

メビウスの宿す最強の魔導紋すらも、我が物とすることができる。

本来ならば――そのはず、だった。

「――どうやら、無駄だったみたいですね」

メビウスは、嘲笑《あざわら》う。

その右胸部には、昏き朱色の魔導紋が、光を帯びて浮かび上がっている。

それが意味することは、つまり、

「これも、効かないってのかよ……ッ⁉」

「いい考えでしたね。君の異能ならば、僕の魔術をも破れるかもしれない――」

異形の鎧が、右腕を振り払う。

アッシュは大きく飛び退《の》いて、メビウスとの間合いを作る。

「ですが、残念でした。僕の鎧は、剣も、魔術も、異能すらも無効化するんですよ」

「……はっ。だからって、俺はまだ諦めねぇぞ?」

鎧の眼球たちが、不快そうに歪《ゆが》む。

「……吐き気のする言葉です。君のような異端児に、やれ諦めないだの、やれ少女を助けるだの。そんな正義の味方を気取るような真似《まね》が、まさか似合うとでも?」

「……お前にだけは言われたくねぇな。救世主のフリをした、傲慢な怪物が」

「好きに吠《ほ》えればいい。僕は必ず悪を滅します。これは、その一歩目なんですよ――」

メビウスの纏う鎧の眼球が、一斉にアッシュを睨《にら》んだ。そして、

「――《ファルザカテナの紋章よ、我が聖鎧に、赤き執行の刃を》」

詠唱。

鎧から伸びた赤き刃が、急速で攻撃を仕掛けてくる。

正面からの一本に、左右からの挟むような二本。そして、それらを囮《おとり》とした、おそらくは本命なのだろう上方からの不意打ちの一本。

けれど、軌道が見えているならば、対処はできる。

初撃を躱した直後に、続く双方からの二撃は、背後へと跳躍して回避する。

それと並行して、アッシュは外套から、ひとつの宝石を取り出した。

凍《い》てつくような青の宝石を、右の手袋へと嵌《は》めて、

「――《ヒューヴェルの紋章よ、その咆吼《ほうこう》を凍土に轟《とどろ》かせ、いざ絶対なる氷界を》‼」

アッシュの右腕が、竜の頭へと変貌する。

巨大な顎《あぎと》から、絶対零度の息が繰り出される――が、

「無駄です」

メビウスは、微動だにしない。

さも当然のように、赤色の鎧は凍てつかない。

だが、教会に広がる床に、いくつかの氷塊を生み出すことには成功する。それを盾のようにして身を隠し、赤き刃の連撃を凌《しの》ぐ。

その最中、紅蓮《ぐれん》のような橙《だいだい》色の宝石へと嵌め替える。そして、

「――《イフラスの紋章よ、葬滅の煉獄《れんごく》をまとい、すべてを焼き焦がせ》‼」

アッシュの右腕から、巨大な槍《やり》――【イフラスの炎葬】が射出される。

同時に、アッシュは肉薄を開始させた。

放った紋章魔術は囮だ。ほとんど一直線の突進の要領で、メビウスへと迫る。

「それも、無駄ですよ」

だが、やはりメビウスは動かない。

鎧の表面に、アッシュの紋章魔術【イフラスの炎葬】が炸裂《さくれつ》する——が、当然のように炎の槍はあっけなく霧散する。

ずきり——と、アッシュの頭がふらついた。

計三発も紋章魔術を放った影響か、どうやらすでに、魔力切れの寸前らしい。

それでも——アッシュは、連撃をやめなかった。

（まだだ……まだ、少し足りない……ッ！）

呼吸を、する。

肉薄を果たし、メビウスの懐《ふところ》に潜り込んで、ふたたび宝石を付け替える。

閃くような黄色の宝石を、その手袋に宿して、

「——《ライセールの紋章よ、ここに迅疾の雷を》‼」

詠唱。

超速の雷魔術が、ゼロ距離で放たれる。

焦げるような臭いとともに、白煙が立ち上る。

けれど——。

もちろん、メビウスは動かない。

「……どうして、無駄だとわからないのですか？」

メビウスはもはや、敵意や不快感ですらなく、呆《あき》れを浮かべていた。

無数の眼球が失望を浮かべて、ふらつくアッシュを捉えている。

「もういい。君は——ただ、そこで死ね」

ずしん、とメビウスが歩く。

どこまでも億劫《おっくう》そうに、すべてに失望したかのように。

赤色の拳を、振り上げる。

その鈍い動きなど、いつものアッシュなら簡単に避けられる。

だが——アッシュは、ほとんどの魔力を使い果たしていた。

もはや、逃げ回ることも難しい。ふらつく足取りで、ただ、その一撃を睨むしかない。

「——アッシュくん、逃げて！」

シンシアの絶叫。

だけど、アッシュは動こうとしない。そして——、

「終わりです。さようなら、愚かな異端児よ……」

拳が。

異形の鎧《よろい》が。

赤色の重塊が、アッシュの身体《からだ》を叩《たた》き壊そうとして――、

「――終わりは、どっちだろうな？」

にやり、と。

堪《こら》えていた笑顔が、不敵に浮かび上がる。

そして、相対するメビウスは――、

「はっ……っ⁉」

ガタンッ――という、凄《すさ》まじい激突音。

メビウスの全身が、轟音《ごうおん》を立てて崩れていく。

異形の鎧を纏《まと》った巨体は、がくがくと全身を震わせながら、床に倒れ伏せるしかない。

「な……なに、が……？　僕の身体に、何が起きている……っ⁉」

「やっと、回ってくれたみたいだな」

アッシュは、ふらふらとした身体を酷使して。

けれど、その笑みを絶やさなかった。

「メビウス＝ファルルザー。あんたの鎧は、バカほど重いんだろ？」

この鎧は、ただ動くだけでも、重厚な足音を響かせていた。

それはつまり、圧倒的な重量を誇っていることを意味している。だから、

「そんな鎧を纏ってんだ。そりゃ、いまのあんたじゃ身動きひとつ取れないだろうな」

「な、何を……僕に、何をした⁉」

「ククク……そうだよな、気になるよなぁ？　――いいぜ、教えてやるよ」

さらに意地悪く、アッシュは笑みを歪ませて、

「――毒だ。あんたの身体は、猛毒に侵されてんだよ」

「ふざ、けるな……‼　毒だと⁉　そんなもの、いつ僕が喰《く》らったというのだ‼」

「最初に撒《ま》いた黒煙は、目眩《めくら》ましなんかじゃない。黒色の毒だったのさ」

「は……？」

メビウスが、倒れ伏せた全身の、頭だけをこちらに向けてくる。

いいザマだなと、そう思う。

「あんたの紋章魔術は、まあ最強だよなと俺も思うぜ。どんな攻撃も無効にしちまう鎧だとか、まともにやったところで、まず俺に勝ち目はないだろうな」

でも、と。

アッシュは、語りを続けてみせる。

「あんたは、呼吸をする。毒を撒けば、ふつうに効くってわけだ」

「……黙れ‼　この僕がッ、私がッ！　まさか、そんなものに気づかないわけが……」

「でも——あんた、驕《おご》ってただろ？」

悪趣味に笑って、

「俺みたいな盗賊なんざに、負けるわけがないと思ってたんだろ？　その鎧さえあれば、何があっても勝てると。あんたは——その傲慢さのせいで、俺の罠《わな》を見抜けなかった」

「……だから、この僕が見落とした、と？」

「さあな。ま、事実としてあんたは、俺の毒にやられてる。それってつまり、そういうことなんじゃねぇのか？」

「ならば……なぜ、なぜだッ‼　なぜ、貴様は平気でいられる⁉」

メビウスが叫ぶ。

全身に毒が回っているだろうに、さすがの根性だなと思う。

「それに……あいつは！　ユースティス王家の恥さらしは、いったいどうなるッ‼　まさか……お前、あの女を犠牲にしたというのか……ッ⁉」

「なわけねぇだろ。あいつは、俺たちの盗むお宝だぜ？」

ちらりと、シンシアのほうを見る。

彼女は、ぽかんとした表情をして……はっと、気づいたらしい顔になる。

「もしかして……わたしの、魔術……？」

「そうだ。光魔術【ポイズン・ヒール】──毒への耐性を付与する魔術なんだろ？　俺とシンシアには、その魔術の効果が働いていた。毒瓶を飲んでも平気らしいぜ？」

「なッ……それこそ、この僕が見逃すはずが……ッ！」

「いやいや、見逃して当然だっての。なんせ、昨日の夜の話だからな」

そう。あの……思い出すとちょっと恥ずかしい、シンシアに治療ならびに添い寝を施されたときのことだ。

彼女は、体液交換という方法によって、アッシュに魔術を分け与えてくれた。いわく、明日いっぱいくらいは効果が続くくらいの、強力な毒耐性の魔術を。

あれのおかげで、アッシュとシンシアのふたりは、毒の影響を受けなかったのだ。

「それに、俺は覚えてたぜ？　あんたは治癒系の魔術を使えない。毒さえ回っちまえば、治す手段はないってのは知ってんだよ」

かつての、夢にまで出てきた会話。

メビウス＝ファルルザーは、治癒系の魔術を使えない。適性がないのか、それとも習得する気がないのか。どちらにせよ、メビウスは解毒《げどく》の術《すべ》を持ち合わせていない。

「クソ……クソ、クソクソクソ……ッ！　この異端児めが、卑怯《ひきょう》だぞ……ッ！」

倒れ伏せたメビウスが、恨めしげに言ってくる。が、

「俺は盗賊だぜ？　卑怯で姑息《こそく》で狡猾《こうかつ》なやり方を選ぶに決まってんだろ？」

自慢げに、アッシュは言い放ってやる。

紋章魔術の連撃も、ただの陽動だ。メビウスに毒が回るまでの時間稼ぎでしかない。

「だってのに……クク、あんたってなかなか芸人だよな？　この俺を、正義の味方気取りだとか言ったりしてよ。盗賊の俺に、まともな正義なんざあるわけがねぇだろ？」

「……殺す‼　貴様は、必ず殺してやる……‼」

「おっ、いいね。ようやく敗者らしくなってきたな」

メビウスを嘲って、

「ま、好きなだけ負け惜しみしてくれよな？　この俺の天才的な策略の前に、あんたは手も足も出なかったんだ。ククク……復讐《ふくしゅう》ってのは、最高に気分がいいなァ？」

「黙れ！　黙れ黙れ黙れ……ッ！　この、異端児のクズが……ッ！」

「そんなクズに負けた気分はどうだよ？　なあ、名誉司教サマ？」

言ってやる……が、これ以上はキリがない。

もう少しこの気分に浸っていたいところだが、そろそろ決着をつける必要がある。

「さて――メビウス。その毒は、俺特製のけっこう強力なヤツなんだ」

「……何が、狙いだ？」

「シンシアを解放しろ。そして、二度と関わるな。そしたら……お前も、助けてやる」

つまりこれは、脅迫だ。

アッシュは解毒剤を持っている。それを早く飲まなければ、長くは持たないだろう。

だが、この司教は――、

「……ははっ。結局は君も、ただのクズと遜色ないですね」

瞬間。

床に伏せたまま、メビウスの右肩部が光り出す。そして、

「――《ファルザカテナの紋章よ、回帰せよ》」

メビウスの全身が、赤色に光り輝く。

直後。その異形なる鎧は、溶けるようにして消滅していた。

「たしか君は、僕にこう言いましたね？　毒に侵された僕では、鎧が重くて身動きができないだろう、と。だが――」

鎧を脱いだ痩せぎすの老人が、ふらふらと立ち上がる。

邪悪な笑みを浮かべたメビウスと、ふたたびアッシュは相対する。そして――、

「──鎧などなくとも、貴様など軽く潰せるんだよッ‼」

メビウスが、咆哮《ほうこう》して。

その、刹那──、

暴威が、迫る。


(ッ、速──)

教会の床を踏み抜かんばかりの迫力で、メビウスが肉薄してくる。

これは──間に合わないな、と思った。

アッシュは自身の素早さを自負している。けれどいまは、魔力も体力も途切れる寸前の状態だった。この状態では、とても避けられないと判断する。

だから仕方なく、アッシュは、右手を外套《がいとう》に突っ込んだ。

その動きを、メビウスの目が追ってくれる。

アッシュが取り出したのは、解毒剤の入った瓶。それを右方向へと、思いきり叩き壊すつもりで、投げ捨てる。

「チィ──」

メビウスの突進が、軌道を変えた。

解毒剤を拾い上げるべく、アッシュの右方へと逸《そ》れていく。

壮絶な音が、教会を響かせた。

それは、解毒剤の瓶が割れた音ではなく、メビウスの突撃が間に合った音だった。

「ふ、ふふ……はは、ハハハハハ――――ッ‼」

高らかに。

メビウスの笑い声が、勝ち誇るように響き渡る。

「忘れたのか、異端児‼　貴様に盗みを教えたのは、この僕だと‼」

ごくごく……と、解毒剤がメビウスの喉を鳴らす。

「はは、ハハハ――さて、決着をつけましょうか？」

まもなく、解毒剤を飲み干される。

つまりこれで、メビウスの身体を蝕《むしば》む猛毒は治癒されてしまう。振り出しに戻されるどころか、ほとんどの魔力を使ってしまったアッシュは、まさしく絶体絶命だった。

と――本来ならば、そう思うだろう。

けれど、アッシュは不敵な笑みを絶やさない。

それどころか――戦意すら、もはや持っていない。

「いや、その必要はないぜ。決着は、もうとっくについてるからな」

「……戯《ざ》れ言《ごと》を！　もはや君は、僕に為《な》す術もないはずだッ！」

「そうかもな。俺にはもう、勝ち目なんてねぇよ。だが――」

言って。

アッシュは、視線を上に向けた。


「――俺たちは、とっくに勝ってるんだよ」

それは。
メビウス＝ファルルザーの前へと、降臨するかのように。
影色のドアが、空中に出現する。
そして、ゆっくりと扉が開き――、
その光景に――目を、奪われる。
儚げな銀色の髪を、何よりも美しく煌《きら》めかせて。

藍玉のごとき双眸《そうぼう》を、どこまでも鮮やかに輝かせて。

闇色の影を、さながらオーロラのようにして纏《まと》った、その少女は――。

「お待たせ。ぼくの、最高の〝切り札《ジョーカー》〟――」

メビウスが魔術を発動させようとする――が、あまりにも遅い。

彼の表情には、驚愕《きょうがく》が張り付いていた。――重傷を負わせたノアが、なぜ、ここに現れたのか。きっとこの男は、それが理解できないのだろう。

だけど、アッシュは知っている。

ノアの傷は、幻術だ。

それに気づいたのは、ノアの身体《からだ》を抱き起こし、その手を握ったときだ。彼女の体温や心音から、あの傷がメビウスを騙《だま》すための幻術だと、アッシュは見抜いていた。

だからアッシュは、ノアにおまじないを――抗毒薬を、渡したのだ。

彼女が奇襲を仕掛けるつもりなのだと、そう確信していたから。

そして――。

ノアの胸もとに、光を帯びた紋章が浮かび上がる。

光の色は、淡い藍色。その形は、三日月。

「――《ルナリアの紋章よ、彼《か》の者に静寂を》」

それは、どこまでも清楚《せいそ》な詠唱だった。

瞬間。

ノアの纏っていたオーロラが、教会の天井を闇色に覆い尽くしていく。

絶景のようなそれは――果てしないほどに、美しい魔術だった。

そして、もちろん。

無敵の鎧《よろい》を脱いでしまった司教には、それを防ぐ手立てなど、ありはしない。

「――おやすみ。どうか貴方《あなた》に、清楚な夢を」

メビウスが、ノアの魔術に包まれていく。

それに背を向けて、ふわりと舞うようにノアは着地する。

闇色のオーロラのような影を背景に、純白のドレスが風になびく。煌めく銀髪を押さえつけながら、彼女は穏やかに微笑《ほほえ》んでみせた。

――その幻想的な情景に。そして、その少女の清楚な美しさに。

アッシュは、完全に心を奪われていた。

けれど。

この煌びやかな幕を引くのは、アッシュの――この少女の、〝切り札《ジョーカー》〟の役割だ。

「――いまだよ、ぼくの〝切り札《ジョーカー》〟？」

「言われなくとも、わかってるっての――」

駆ける。

まるで意識だけが眠っているのかのように、メビウスは停止している。

「幕引きにしようぜ、メビウス＝ファルルザー――」

その司教の右肩に宿る、昏《くら》き朱色の紋章へと。

アッシュは、左手を差し伸ばして――、

「――お前の傲慢は、この俺が頂戴してやるよ」

左手が。

アッシュの【略奪の一手《スペル・クラッチ》】が、メビウスの魔導紋へと触れて――、
昏き朱色の宝石を、この手で奪《と》い盗ってみせる。

「…………な、ぜ」

メビウス＝ファルルザーの、止まっていた時が動き出す。

「なぜ……僕は、君たちに負けた……？」

そして、この傲慢な司教は。

かつてアッシュの怨敵だった男は、そんな言葉を紡《つむ》いでいた。

「……さあな」

決着はついた。魔導紋を奪われたメビウスには、もはや抵抗する気力すらない。

奪い盗った朱色の宝石を、アッシュは見つめながら、

「きっと——お前には、清楚さが足りなかったんだよ」

ふと思いついた言葉を、告げた。

「……はっ。君には、言われたくないな……」

「俺はいいんだよ、俺は。だって——」

メビウスの指摘は、ぶっちゃけ正しい。

アッシュは清楚じゃない。傲慢だし、邪悪だし、心が穢《けが》れている。けれど、

「——俺は、あいつの〝切り札《ジョーカー》〟だからな。俺まで清楚だと、意味がないだろ？」

にやり、と笑って。

いつだったか、彼女から聞いたような言葉を、アッシュは借りた。

エピローグ　穏やかな風

「……そっか。ふたりとも、もう帰っちゃうんだ？」

あれから、一週間が経過した。

ノアいわく――予告を果たしたからといって、用済みだとばかりに屋敷《やしき》を去るのは清楚じゃない。だから約束の一週間は、シンシアの屋敷に滞在するという話になったのだ。

それに……ノアの魔術によって生じた破壊のあとを、さすがに放置するわけにはいかなかった。その修繕を手伝うというのが、せめてもの償いだという話になったのだ。

けれど、それも今日で終わり。

アッシュはまた、いつもの日常に帰ることになる。

「また遊びに来るさ、シンシア嬢。……といっても、王城に戻るのだろう？」

「うん。婚約もなくなったし、屋敷も……まあ、いちおう直せたし」

気まずそうに、シンシアは笑った。と、

「えっと……その、アッシュくん。ちょっとだけ、いいかな？」

ちょいちょい、と手招きされる。

耳を貸せ……という意味だろうか。それに従って顔を近づけると、

「あのさ……きみとノアちゃんって、恋人同士なの？」

鈴の音のような声が、囁《ささや》かれる。

その感触がくすぐったいというのもあったけれど、それよりも……、

「なっ……なわけねぇだろ⁉」

つい反射的に、アッシュは大声で否定していた。

「おぉ⁉　び、びっくりするなぁ……」

「こっちの台詞《せりふ》だ！　何をどう勘違いしたら、そんな思考になりやがる⁉」

「だってきみたち、すごく距離が近いというか……仲が良いんだもん。怪盗と〝切り札《ジョーカー》〟さんの、爛《ただ》れた関係ってやつ？」

どこでそんな言葉を知ったのか。神聖王国の未来が心配である。

「でも……そっか。じゃあ、わたしにも、まだ……」

ぶつぶつと言いながら、

「……うん！　それじゃあ、またね。アッシュくん？」

何か吹っ切れたような、気持ちのいい声と笑顔。

「またわたしに甘えたくなったら、いつでも歓迎だからね？」

「だっ……」舌を噛《か》む、「誰が行くかよ、誰が！」

ぜえぜえと否定する。

「……そもそも、俺は盗賊だぞ？　王女と密会なんかしてたら、さすがにマズいだろ」

「うーん……それも、そっかぁ……」

シンシアは、可愛《かわい》らしい仕草で指を唇に当てる。と、

「なら――わたしのこと、また盗みに来てくれる？」

にへへ、と眩《まぶ》しい笑顔を向けられる。

直視するのが精いっぱいの笑顔に、アッシュは苦笑いするしかなかった。

◇◇◇

彼方《かなた》へと去って行く馬車を、じっと見送りながら。

シンシアは、ひとり想《おも》う。

「……結局、言い出せなかったな……」

あの日。

メビウス＝ファルルザーの動きを止めた、ノアの魔術は。

三日月の形をした、『ルナリアの紋章』は――。

「きっと……ノアちゃんの、正体は――」

ふたりを乗せた馬車が、遠のいていく。

シンシアには、ただ、それを見送ることしかできなかった――。

◇◇◇

メビウス＝ファルルザーの悪事は、ついに世に晒《さら》された。

その決まり手は、ユースティス神聖王国の第二王女であるシンシアの告発だった。彼女は婚約者であるメビウスの罪と、それを裏付ける証拠の数々を国王へと提出した。そしてそれを皮切りに、メビウスの悪行は次々と暴かれていった。

多くのカテナ教徒は、ひどく悲しむような様子を見せていた。けれど、次第に元・名誉司教の悪行が広まっていくにつれて、それまでの態度が嘘《うそ》だったのかのように、その手のひらを返しはじめた。ついでに言えば、メビウスの悪事に荷担していた者も、騎士団によって捕縛されはじめているらしい。
それから……まあ、これは当然のことだが。
メビウス＝ファルザーは、投獄される身となった。
かくして、メビウスへの復讐《ふくしゅう》というアッシュの目的は、ついに果たされた。
そしてもちろん、ノアとの共闘も、その役割を終える。
「……お前は、これからどうするんだよ」
別れ際《ぎわ》に、ふとノアに聞いてみた。
するとと彼女は、いつものような穏やかな微笑《ほほえ》みを浮かべて、
「さてね。ぼくは変わらず、清楚《せいそ》に生きるだけさ」
などと、悪戯《いたずら》っぽく返してきた。
彼女と交わした言葉は――それが、最後だった。

◇◇◇

「で――メビウスの罪を暴いた立役者が、センパイってわけっすか？」

首都アーヴェラスの８番街、いつもの情報屋にて。

ナーシャの呆《あき》れたような目線が、アッシュに注がれる。

「だから、そうだって何度も言ってるだろ？」

しかしアッシュは気にも留《と》めず、調子づいた声を続けた。

「メビウスの悪事は、この俺が阻止したんだよ。神聖王国の平和は、この俺が盗《と》り返したも同然ってわけだ」

「平和、っすかぁ……」

ふだんはアッシュに尊敬の眼差《まなざ》しを向けてくるナーシャだが、今回ばかりは冷たい反応だった。いきなりアッシュが「この俺が王女を救ったんだぜ」などと言い出すものだから、さすがに信用できないのだろう。

「センパイが平和のために戦うとか、想像つかないっすけどねぇ……」

「そりゃ……アレだ。俺だって、やるときゃやるんだよ」

「だとしても、どういう風の吹き回しっすか？」

ナーシャの視線が、ぐさりと突き刺さる。

情報屋としての勘というやつだろうか。なかなか鋭いところを突いてくるなと思う。

「……べつに、どうもこうもねぇよ」

木製の机に、アッシュは頬杖《ほおづえ》をついて、

「俺は〝盗みの天才《ギフテッド・シーフ》〟だからな。この俺にかかれば、平和すら盗めちまうんだよ」

にやりと、笑ってみせる。

その表情を見たナーシャは、ほっとしたように息をついた。

「……よかったっす。どうやら、あたしの判断は正しかったみたいっすね」

「ん、どういう意味だよ、それ」

「ふふん、どうもこうもないっすよ？」

さっきのアッシュを真似《まね》るような言葉遣いで、

「センパイは、今日も〝最凶の小悪党《イビル・ウィンプ》〟っすね！」

「あっ……お前！　だからやめろって、その異名は！」

どがん‼　……と、机を思いきり叩《たた》く。

店の天井に、アッシュの叫びが響き渡った。

「……あ。そういえば、思い出したっす」

と、いきなりナーシャが話題を変えた。

「センパイも聞いたっすか？　怪盗ノアの、例のウワサ」

「……さあな。興味ねぇよ」

「そうっすか？　でもまあ、とりあえず聞いてくださいっすよ」

ふたたび頬杖をついて、アッシュは聞き耳を立てる。

「あたし──怪盗ノアの予告状を、またしても入手したんす」

「……ふうん」

「しかも！　今度は、ものすっごい大物を狙うみたいっすよ！」

すると、ナーシャが漆黒の手紙を取り出した。

見覚えのあるそれは……間違いなく、ノアの予告状だ。

「そんなもん、俺は買わないからな」

「あー……ええっと、それがっすねぇ……」

ふい、とナーシャは視線を逸《そ》らし、

「その……すでに、代金は頂いちゃってるんすよ。それで、そのひとから、センパイに渡すように言われてて……」

「なんだよ、そ……りゃ……？」

途中で──アッシュはふと、嫌な予感を抱いた。

果たして、そんな意味のわからないことを、どこの誰がやったのか。

その答えを考えた結果、ひとつの結論に至って、

「ナーシャ！　それ、ちょっと借りるぞ！」

ほとんどひったくるような手際《てぎわ》で、ナーシャから予告状を奪う。

そして即座に封を開けて、その内容に目を走らせた。

「……あぁくそ、やっぱりか――」

結論から言うと。

アッシュの嫌な予感というやつは、見事なまでに的中していた。

予告状
ガーデンソルド領を統《す》べる、シドラス侯爵へと告げる。
貴殿が有する魔導書には、世界を破滅に沈めかねない術式が記されている。
しかしそれは、貴殿のような未熟な領主には、ふさわしくない代物だ。
よって三日後、深夜０時を告げる鐘が響く時。
そのお宝を、我々が頂戴しに参上する。
――怪盗ノアと、その〝切り札《ジョーカー》〟

「……ったく、勝手に決めやがって」

予告状。

そこに記されている〝切り札《ジョーカー》〟という文字は……もう、そういう意味としか思えない。

「邪魔したな、ナーシャ！　この予告状、もらってくぞ！」

「えっ⁉　ちょ、センパ――」

ナーシャの言葉を聞き終えないうちに、アッシュは店の外へと駆け出した。

やがて、その向かう先には。

銀色の三日月に照らされた、夜の下の平原には。

アッシュの予想どおり、ひとりの少女の姿があった。

「……言っとくが、俺はやらないぞ？」

「再会の言葉よりも、拒絶が先だとはね。さすがにちょっと、ひどいんじゃないかな」

美しい銀髪を指先で弄びながら、その少女――ノアは、穏やかに微笑んで、

「やあ、ひさしぶりだね？　ぼくに会えなくて、寂しくはなかったかい？」

「……繰り返すぞ。俺はもう、お前の盗みには付き合わないからな？」

「ふうん」

ノアは、楽しげに鼻を鳴らして、

「残念だね。さすがのきみも、あの侯爵が相手だと怖いのかな？」

「ぐ……こいつ……っ！」

これは挑発だ。アッシュの性格を利用した、ノアの巧みな話術に過ぎない。

彼女の口車に乗せられるのも、もはや何度目か。

当然ながら、アッシュはとっくに学習している。だから、

「怖いだと？　俺は〝盗みの天才《ギフテッド・シーフ》〟だ、怖いモンなんざあるわけないだろ？」

あぁ――やってやろうじゃないか、と思う。

今度こそ、見せつけてやろうではないか。アッシュこそが〝盗みの天才《ギフテッド・シーフ》〟であり、このノアという少女など敵にすらならないのだと。

「いいぜ、やってやる。お宝はこの俺が頂戴して、お前に恥をかかせてやるよ」

「なるほどね。つまりきみは、清楚なぼくに恥辱プレイをさせたいと？」

「言ってねぇよ⁉　あいかわらずだな、この変態怪盗は⁉」

「ふふ、冗談だよ――」

幻想的な夜の平原に、穏やかな風がひとつ、吹いた。

純白のドレスが、ふわりと美しく煽《あお》られる。

そして少女は、その手をアッシュへと差し伸ばして、

「――頼りにしてるよ、ぼくの〝切り札《ジョーカー》〟？」

どこまでも清楚に、そう微笑んだ。

あとがき

はじめまして、鴨河《かもがわ》と申します。

このたびは「清楚怪盗《せいそかいとう》の切り札、俺。」を手に取っていただきまして、誠にありがとうございます。

本作は、第35回ファンタジア大賞入選作を改題、ならびに改稿した作品になります。

さっそくですが、お世話になった方々への謝辞に移りたいと思います。

まずは担当の伊藤《いとう》さん。本作を拾い上げていただいたのみならず、「投稿作から大幅に内容を変えたい」などと言い出した素人《しろうと》のワガママにも付き合ってくださり、ありがとうございました。伊藤さんの尽力あってこその本作です。感謝してもしきれません……！

イラストレーターのみきさい先生。最初にキャラデザが送られてきたときの感動は、それこそ僕にとっての宝物です。いまでも暇さえあれば、みきさい先生のイラストを見返してはニヤニヤしています。先生のイラスト、どれも大好きです！

本作の選考に関わってくださいました全ての皆様と、選考委員の先生方。……「ロクアカ」と「デアラ」と「キミ戦」が好きでファンタジア大賞に応募した作品が、「ロクアカ」と「デアラ」と「キミ戦」の著者である先生方に読んでいただけたなんて、夢か何かとしか思えません。素晴らしい経験となりました、ありがとうございます！

日頃よりお世話になっている、家族、友人、親戚、職場の方々、講師の先生方。皆様の支えがあってこその僕であり、本作です。今後とも、どうか仲良くしてください。


そして、読者の皆様。

本作は「怪盗」というライトノベルではあまり見ないテーマを扱った作品ですが、少しでも皆様に「面白かった～！」と思っていただけましたら、著者として最高に幸せです。

願わくば、またどこかでお会いしましょう。

鴨河

お便りはこちらまで

〒一〇二－八一七七
ファンタジア文庫編集部気付
鴨河（様）宛
みきさい（様）宛

富士見ファンタジア文庫

清楚《せいそ》怪盗《かいとう》の切《き》り札《ふだ》、俺《おれ》。

令和5年10月20日　初版発行

著者——鴨河《かもがわ》

発行者——山下直久

発　行——株式会社KADOKAWA
〒102-8177
東京都千代田区富士見2-13-3
0570-002-301（ナビダイヤル）

印刷所——株式会社暁印刷

製本所——本間製本株式会社

本書の無断複製（コピー、スキャン、デジタル化等）並びに無断複製物の譲渡および配信は、著作権法上での例外を除き禁じられています。また、本書を代行業者等の第三者に依頼して複製する行為は、たとえ個人や家庭内での利用であっても一切認められておりません。

※定価はカバーに表示してあります。
●お問い合わせ
https://www.kadokawa.co.jp/（「お問い合わせ」へお進みください）
※内容によっては、お答えできない場合があります。
※サポートは日本国内のみとさせていただきます。
※Japanese text only

ISBN978-4-04-075145-0 C0193　◇◇◇

©Kamogawa, Mikisai 2023
Printed in Japan

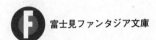

双星の
無名の青年が天下無双の大活躍！
彼の前世は、最強の英雄だ！
華流転生ソードファンタジー。

シリーズ好評発売中！
天剣使い
HEAVENLY SWORD OF TWIN STARS
名将の令嬢である白玲は、
一〇〇〇年前の不敗の英雄が転生した俺を処刑から救った、
才ある美少女。
それから数年後。
始まった異民族との激戦で俺達の武が明らかに——！
最強の白×最強の黒の英雄譚、開幕！
ファンタジア文庫

切り拓け！キミだけの王道
ファンタジア大賞
原稿募集中！
賞金
《大賞》300万円
《金賞》50万円
《銀賞》30万円
選考委員
細音啓「キミと僕の最後の戦場、あるいは世界が始まる聖戦」
橘公司「デート・ア・ライブ」
羊太郎「ロクでなし魔術講師と禁忌教典《アカシックレコード》」
ファンタジア文庫編集長
前期締切 8月末日
後期締切 2月末日
公式サイトはこちら！ https://www.fantasiataisho.com/
イラスト／つなこ、猫鍋蒼、三嶋くろね